Uta Koppel • Katja Pfifferling in Venedig

OMNIBUS

DIE AUTORIN

Foto: © portrait-studio schröder

Uta Koppel (Uta Lehr-Koppel) wurde 1936 in Altheide Bad in Schlesien geboren. Ihre vielseitigen musischen Interessen schlugen sich in einer umfassenden Ausbildung nieder: Sie studierte Germanistik und Theaterwissenschaften in Mainz, Saarbrücken, Wien und Wiesbaden, besuchte die dortigen Kunst- und Musikhochschulen und absolvierte zugleich eine Schauspielerausbildung. Seit 1967 lebt sie als freie Schriftstellerin in Paderborn, wo sie auch an verschiedenen Schulen und Instituten unterrichtet. Neben Kinder- und Jugendbüchern schreibt Uta Koppel überwiegend Erzählungen, Kurzgeschichten, Gedichte und Kurzhörspiele.

ÜBER DIESES BUCH

Wieder schreibt Katja in ihr »Geheimbuch«, was sie so alles erlebt: zu Hause mit Mam und Paps und den Zwillingen, in der Schule und vor allem in Venedig, wo Familie Rose samt Dackel eine Großtante besucht. Natürlich geschieht auch hier wieder allerlei Aufregendes, Katja geht in der fremden Stadt verloren und übernachtet schließlich mit dem Dackel Amandus im Dogenpalast. Zum Schluß kommt es noch zu einem traurigen Unfall, der jedoch auch gute Folgen hat. Beachtliche Details der Geschichte, der Literatur sowie der Geographie sind in den Handlungsstrang dieser in sich verständlichen Fortsetzung zu »Katja Pfifferling« eingearbeitet.

Uta Koppel

Katja Pfifferling in Venedig

OMNIBUS

OMNIBUS

Der Taschenbuchverlag
für Kinder und Jugendliche
von C. Bertelsmann,
München

Band 20092

Katja Pfifferling bei OMNIBUS:

Band 1 OMNIBUS Nr. 20090
Katja Pfifferling

Band 2 OMNIBUS Nr. 20092
Katja Pfifferling in Venedig

Umwelthinweis:
Dieses Buch wurde auf chlorfrei gebleichtem Papier gedruckt.

Genehmigte Taschenbuchausgabe Februar 1996

Umschlagbild: Birgit Schössow
Umschlagkonzeption: Klaus Renner
Herstellung: Peter Papenbrok
Druck: Pressedruck, Augsburg
ISBN 3-570-20092-2
Printed in Germany

10 9 8 7 6 5 4 3 2 1

Meinen Kindern
Alexandra, Markus
und Beatrix

Inhalt

Wer es noch nicht weiß: Eigentlich heiße ich ja Katja Rose. Pfifferling, den Namen haben die anderen mir gegeben, aber ich war damit einverstanden. Weil ich so gerne Pfifferlinge esse.

Zu meinem elften Geburtstag habe ich endlich einen süßen kleinen Rauhhaardackel geschenkt bekommen. Ich hatte mir auch schon lange einen gewünscht. Klar, der wollte dann immer mit mir spielen, und ich hatte keine Zeit mehr für mein Geheimbuch. Aber jetzt fange ich wieder an zu schreiben, sonst habe ich später vergessen, was bei uns so alles passiert ist.

Falls ihr meine Familie noch nicht kennt: Paps und Mam sind meistens okay. Aber die Zwillinge Martin und Martina nerven mich ganz schön. Sie sind ja auch zweieinhalb Jahre jünger als ich.

Zum Glück habe ich noch meinen Dackel. Es ist ein Rüde und keine Hündin, wie ich zuerst dachte. Na ja, der Unterschied war damals noch ziemlich klein.

Welchen Namen soll ich meinem Hund bloß geben? Bisher hat er noch ganz viele.

Erstes Kapitel

Hundert Namen für meinen Hund. Seine dummen Streiche und Martinas Kummer. Ein Briefaus Venedig. Wir sind nach Italien eingeladen! Mein neues Gedicht.

»Ich hab' ihn, ich hab' ihn!« rief Martina und hüpfte aufgeregt von einem Bein auf das andere.

Eine Zeitlang ließ ich sie herumhüpfen, dann fragte ich: »Wen hast du?«

»Den Namen!« platzte sie heraus und blieb erwartungsvoll vor mir stehen, die Arme hinter dem Rükken verschränkt. Ich tat ihr den Gefallen und fragte: »Welchen Namen denn?«

»Na, für deinen Hund!«

»Für meinen Fips? Aber der hat doch schon genug Namen.

»Fips heißt ein Affe, aber kein Hund. Das weiß doch jeder. Aber Bello, das ist ein echter Hundename.« Martina schaute herausfordernd auf mich herunter, wo ich gerade so gemütlich unter dem

Schreibtisch saß und endlich mal in Ruhe »Die Schlacht ums Dreigestirn« lesen wollte. Aber man kommt ja nicht zum Lesen, wenn man sein Zimmer mit seiner Schwester teilen muß, noch dazu mit einer wie Martina, die einen dauernd stört.

Ich legte also das Buch weg und sagte: »Mein Schnuff bellt aber nicht. Und außerdem heißt jeder Hund Bello. Ich finde, Purzel muß einen ganz besonderen Namen kriegen, wenn es überhaupt nur ein einziger Name sein soll. Ist sowieso langweilig, nur ein Name für mein Hundchen, das jeden Tag anders ist. Mal lieb, mal frech, wild und zahm – und überhaupt, was mischst du dich da ein, ist ja mein Hund und nicht deiner!«

Da wurde Martina still. Und schon schnaufte sie, und die ersten Tränen kullerten. »Du bist gemein, das du's nur weißt! Aber du wirst schon sehen, dein Bello wird nie gehorchen lernen, wenn du ihm tausend Namen gibst!« Dann heulte sie erst richtig los.

Das tat mir auch wieder irgendwie leid, und ich sagte: »Nu heul mal nicht, ich hab's doch nicht so gemeint. Wenn du willst, denk' ich mal über deinen Vorschlag nach. Bello ist vielleicht gar nicht so schlecht.«

Aber jetzt ließ Martina sich nicht mehr so leicht trösten. »Wenn ich schon keinen eigenen Hund habe, so wie du«, schluchzte sie, »und keine Katze, nicht mal einen Vogel, dann will ich wenigstens einen Namen aussuchen. Aber nichts darf ich, gar nichts!«

Martina übertrieb mal wieder mächtig, fand ich. Aber das stimmte: Sie hatte noch immer keine Katze, obwohl sie sich schon lange eine wünschte. Ich zog sie zu mir auf den Fußboden herunter und wischte ihr mit einem Tempotuch die Tränen ab.

»Wenn du willst, können wir ja gemeinsam überlegen, wie mein Dackel heißen soll. Aber wo steckt er eigentlich?«

»Fips!« rief Martina. »Fips, wo bist du?«

Jetzt hat sie ihn doch Fips genannt, die Martina ist schon okay, dachte ich.

Komisch, Bello war verschwunden. Aber er mußte noch im Zimmer sein, denn die Tür war ja zu. Und weil Rufen bei meinem Schnuff wirklich keinen Zweck hat, krochen wir auf dem kahlen Boden herum und suchten ihn. Den Teppich hat Mam uns weggenommen, bis mein Hund mal stubenrein ist.

Wir guckten unter das Bett, unter den Schrank, unter den Schreibtisch. Der Strolch war nirgends zu sehen. Leider konnte ich auch meine Taschenlampe nicht finden. Wahrscheinlich hat Martin sie weggenommen. Das macht er immer, ohne mich zu fragen.

»Komm, wir versuchen es noch mal mit Rufen«, schlug Martina vor.

»Na schön, aber ich rufe zuerst, dann du.«

Wir riefen alle Namen, die mein Hund bisher gehört hatte, und noch ein paar neue dazu: Knurrimax, Wusel, Moritz, Sepp, Schlumpf... alles, was uns einfiel. Mein Hund rührte sich nicht, piepste nicht einmal.

»Irgendwann muß er doch rauskommen«, meinte Martina. »Spätestens, wenn er Hunger hat.«

»So lange warte ich aber nicht«, sagte ich.

»Na gut, dann machen wir weiter. Und den Namen, bei dem er raus kriecht, den behält er dann, weil er ihn sich selber gewählt hat.«

Manchmal hat die Martina sogar eine brauchbare Idee, aber das darf man ihr nicht sagen, sonst schnappt sie gleich über. Also sagte ich: »Quatsch! Das wäre ja nur Zufall. Stell dir mal vor, wenn er bei einem ganz blöden Namen auftaucht, und den muß er dann sein Leben lang behalten. So wie: Krummbein! Oder Froschmaul, oder...«

»Wuff!« ertönte es da hinter dem Nachtschränkchen. »Wuff, wuff!«

Da mußten wir lachen, und Martina rief: »Siehste, dein Froschmaul bellt ja doch!«

Zaghaft schob sich eine kleine Hundeschnauze unter der untersten Schublade hervor. Mein Dackel schnupperte wie ein Kaninchen, ob auch die Luft rein ist, dann folgte schräg ein Auge nach.

Als er sah, daß wir über ihn lachten, zog er sich schnell wieder zurück. Wir hörten ihn ärgerlich knurren. Anscheinend kriegte er da etwas nicht gleich zu fassen, aber schließlich kroch er – den Po voran – rückwärts heraus. Dann spreizte er erst einmal seine krummen Beine, schüttelte sich, daß die Staubflocken um ihn herumwirbelten, und kam mit stolz erhobenem Schwanz und einer Beute im Maul zu mir gehoppelt. Mein Strolch weiß doch, wo er hingehört! Ich streichelte sein struppiges Fell und küßte ihn auf die Nase.

»Mein Schlappen!« rief Martina. »Er hat meinen Schlappen im Maul! Ich hatte ihn schon so gesucht!«

»Ein kluger Hund bist du«, lobte ich, »du findest alles wieder, was du verschleppst. Eigentlich müßtest du Schlauwau heißen.«

Wirklich, seit meinem Geburtstag, seit ich meinen süßen kleinen Rauhhaardackel habe, ist immer irgendein Schuh weg. Weil Hausschuhe, Stiefel, Klotschen, Sandalen, überhaupt alle Sorten Schuhe, sein Lieblingsspielzeug sind.

Sein Spiel geht so: Erst beißt er in den Schuh und versucht, ihn zu zerkauen. Meistens ist aber das Leder zu hart. Dann schleppt er seine Beute in ein Versteck. Wenn wir Schnuff nun nach dem Schuh fragen, hält er den Kopf schräg, klappt das linke Ohr zurück und wedelt verneinend mit dem Schwanz. Mit seinen schwarzen Knopfaugen guckt er uns ganz vorwurfsvoll an, als hätten wir ihn beleidigt mit solchen Verdächtigungen.

Aber irgendwann, wenn wir gar nicht mehr an den verlorenen Schuh denken, schleppt er ihn, verstaubt, zerkratzt, zerbissen, unter irgendeinem Schrank hervor und legt ihn mir zu Füßen wie eine Trophäe. Natürlich will er dann immer gelobt werden als der ehrliche Finder. Und als Finderlohn gibt es eine Scheibe Wurst oder zwei, wenn es ein besonderer Schuh ist oder er ihn besonders lange versteckt gehalten hat.

Auch jetzt, als er Martinas Schlappen angeschleppt hatte, lief er gleich zur Küchentür und sprang bellend daran hoch. Er weiß, die Wurst ist im Kühlschrank. Da sind überhaupt noch mehr solche Leckereien. Als niemand öffnete, kam er aufgeregt zu mir zurück, packte mich am Hosenbein und zerrte mich zur Küchentür. Mein Purzel besteht nämlich unbedingt auf seinem Recht!

»Aber eine Katze will ich haben! Die wünsche ich mir zu Weihnachten, sollste mal sehen!« rief Martina hinter uns her.

»Ich habe ja gar nichts dagegen«, rief ich zurück. »Von mir aus kannst du dir auch einen Papagei wünschen oder einen Affen. Ein Esel würde gut zu dir passen oder ein Ferkel...« Aber da hatte sie schon die Tür zugeschlagen.

»Von wem ist denn der Brief?« fragte Mam. Sie stellte sich auf die Zehenspitzen, um besser über Paps' Schulter hinweggucken zu können. Denn rechts und links drängelten sich schon die Zwillinge. Ich hatte mich schnell gebückt und von unten gesehen, daß der Brief aus Italien kam, mit einer italienischen Briefmarke drauf.

Martin und Martina schrien beide sofort: »Die Briefmarke kriege ich! Nein, ich!«

Eigentlich war ich ja diesmal dran, aber bei dem Geschrei der Zwillinge wollte ich mich nicht auch noch darum streiten.

»Sag doch schon, von wem der Brief ist«, drängelte Mam, ohne sich um den Zank zu kümmern.

»Weiß nicht«, antwortete Paps, der sich bemühte, den Absender zu entziffern. »Von einem Stradivari oder Stradatella oder so... Kennst du etwa einen Italiener in Venedig? Davon weiß ich ja gar nichts!«

»Ich auch nicht.« Mam nahm Paps den Brief ab. »Laß mal sehen. Mensch, da steht doch eindeutig ›Maria‹! Du willst nur nicht zugeben, daß du eine Maria Stra... Stra... ich glaube, Stradiavella kennst. Ein bißchen zittrig schreibt sie allerdings. Wie alt ist sie denn?«

Aber Paps kannte keine Maria Stratadella, schon gar nicht eine in Venedig. Außerdem war der Brief gar nicht an ihn persönlich gerichtet, sondern an die ganze Familie Rose, und das sind wir alle.

»Die Briefmarke kriege ich!« schrie Martin wieder.

»Nein, ich!« schrie Martina. »Du hattest zuletzt die aus der DDR von Tante Ilse!«

»Ja, vor zehn Jahren mal.«

»So alt biste ja noch gar nicht«, schrie Martina wütend.

»Ruhe!« brüllte Paps. »Man kann bei diesem Lärm nicht lesen!«

»Meine Brille!« rief Mam, »Katja, Martin, Martina, holt doch mal schnell meine Brille her!« Sie schielte über Paps' Schulter hinweg auf die eng bekritzelten Seiten.

»Hast du drei Brillen?« fragte ich.

»Sei nicht so frech, Katja!«

Martin kam mit der Brille zurück. »Kriege ich jetzt die Marke?«

»Die Briefmarke wird verlost, und damit basta!« bestimmte Paps.

»Ooooch, dann hätte ja auch Martina die Brille holen können.«

»Immer ich!« maulte Martina.

»Kinder, wir sind nach Venedig eingeladen!« rief Mam.

»Klasse!« schrie Martina und klatschte in die Hände.

»Ich würde aber lieber nach Kairo reisen«, sagte ich, »zu Onkel Mohammed, da sind wir schon so lange eingeladen.«

»Warum nicht gleich nach Mexiko?« fragte Paps und blickte vom Brief auf. »Oder ist dir Australien weit genug?«

Das fand ich nicht nett von Paps. Er hat mir nämlich versprochen, daß ich mit ihm nach Kairo darf. Ich habe auch schon alles über Ägypten auswendig gelernt.

»Also, zu Ostern sollen wir hinfahren«, erklärte Mam. »Aber mir kommt das alles ziemlich unwahrscheinlich vor. Wenn das nur kein Mißverständnis ist. Ich wußte gar nicht, daß ich eine verwitwete, kinderlose Tante in Venedig habe.«

»Und erben sollen wir auch«, fügte Paps hinzu, der sich wieder in den Brief vertieft hatte.

»Erben? Was denn?« fragten Martina und Mam gleichzeitig.

»Ein Haus?« schrie Martin.

»Du hast wohl nicht alle Tassen im Schrank«, sagte ich, »ein Haus in Venedig! Warum nicht gleich einen Palast, wo doch sowieso bald alles im Meer versinkt.«

»Versinkt? Im Meer? Wieso?« Martina stellte sich mal wieder dumm an.

»Nie was von Atlantis gehört?« fragte ich. »Die Stadt ist auch im Meer versunken, und jetzt ist Venedig dran. Es geht nur nicht so schnell wie damals bei Atlantis.«

»Versinken wir dann Ostern alle mit im Meer?« wollte Martina wissen. Sie guckte schon ganz ängstlich drein, daher antwortete ich:

»Möglich.«

»Wirklich?«

»Möglich, ich sage: möglich!«

»Könnt ihr nicht mal zwei Minuten euren Mund halten?« rief Paps ärgerlich. »Diese Krickelschrift von der alten Tante ist so schwer zu entziffern, und ihr quatscht mir dauernd dazwischen.«

»Na kommt, spielen wir Monopoly«, schlug ich vor und zog die Zwillinge von Mam und Paps weg. »Sie werden uns schon noch rechtzeitig mitteilen, wann wir losfahren und was wir erben sollen.«

Natürlich gewann ich bei Monopoly, wie fast jedesmal. Martina hatte 70000 Mark Schulden, und Martin hätte beinahe auch gewonnen, aber dann mußte er mir plötzlich 25000 Mark geben. Da schmiß er alle Karten hin, so wütend war er. (Ich denke gar nicht daran, sie einzusammeln. Inzwischen kaut mein Moritz daran herum, aber das ist mir egal, es ist ja nicht mein Spiel.)

Beim Abendbrot zog Mam den Brief unter ihrem Teller hervor und erzählte, auf welche Weise wir mit Tante Maria aus Venedig verwandt sind: »Also, sie ist eine Kusine von der kleinen Oma und war mit einem Italiener verheiratet, einem Opernsänger. Der ist inzwischen schon lange tot. Und sie hat in Venedig eine Boutique.«

»Aha, so ist das.« Paps schmunzelte. »Sie hat keine Kinder und will ihre Verwandten mal um sich versammeln...«

»Ja«, bestätigte Mam.

»Sie schreibt aber, bei ihr wohnt noch die kleine Tochter von ihrer Nichte. Wir sollen sie also Ostern besuchen, mit der ganzen Familie. Kinder mag sie gern, schreibt sie noch extra. Eine Katze hat sie übrigens, Amanda heißt sie...«

»Eine Katze?« rief Martina. »Wie schön!«

Martin verzog das Gesicht zu einer Grimasse: »Eine Katze, wie schön!« äffte er sie nach, aber sie merkte es gar nicht, so aufgeregt war sie vor Freude.

»Hier ist sie.« Mam hielt ein kleines Foto hoch. Das zeigte eine dicke, lachende alte Frau mit langen Ohrgehängen und einer Bommeldecke um die Schultern und einer ebenso dicken Katze auf ihren Armen.

»Wo hast du denn das Bild auf einmal her?« wollte Paps wissen.

»Das lag noch im Briefumschlag«, erklärte Mam.

»Eine richtige Matrone, diese Tante Maria«, fand Paps.

»Aber Georg«, sagte Mam vorwurfsvoll, »vor den Kindern!«

»In Italien nennt man diese Frauen eben so«, verteidigte sich Paps. »Außerdem werden sie alle dick, wenn sie über dreißig sind. Manchmal schon, wenn sie über zwanzig sind.«

»Das ist nicht wahr, das sind Vorurteile«, rief Mam. Sie begannen echt zu zanken.

Da sagte ich schnell: »Also, wann fahren wir genau?«

»Kurz vor Ostern, denn da habt ihr ja Ferien«, antwortete Paps.

»Venedig«, seufzte Mam, »dahin wollte ich schon immer!«

»Ach, das ist mir neu«, sagte Paps. »Damals wolltest du jedenfalls nicht dahin.«

»Wann wollte ich nicht dahin?« fragte Mam.

»Auf unserer Hochzeitsreise.«

Mam lachte. »Tatsächlich, das stimmt.«

»Warum wolltest du denn nicht nach Venedig fahren?« fragte ich.

»Weil das so viele Jungvermählte tun. Die finden das romantisch, mit den Gondeln und so. Mir war das aber zu dumm.«

»Wo seid ihr denn hingefahren nach der Hochzeit?« fragte Martina.

Paps und Mam schauten sich an und lachten. Dann erzählte Paps: »Eurer Mam konnte es ja nicht außergewöhnlich genug sein. Abgelegen und absolut einsam sollte die Gegend sein.« (Ich dachte schon an die Antarktis, die Sahara oder den tropischen Regenwald.) »Schließlich haben wir uns eine klitzekleine Hallig vor der Küste von Lappland ausgesucht. Ganze drei Häuser standen auf der Insel, und in jedem Haus wohnten wir drei Tage lang, damit jeder der kleinen Halligbauern etwas verdienen konnte. Wir liefen vierundzwanzigmal um die kahle Insel herum, bei Sturm und Regen, froren uns halbtot und reisten wieder ab.«

»Wie langweilig«, sagte Martin, und das fand ich auch.

»So schlimm war es doch gar nicht, Georg«, meinte Mam. »Du vergißt die Sonnenuntergänge!«

»Ja, und die Stirnhöhlenvereiterung, die ich von der nordischen Kälte mitbrachte«, nickte Paps. (Ich glaube, er ärgert sich noch immer ein bißchen über diese Reise.)

»Na ja, in Venedig wäre es wohl wärmer gewesen«, gab Mam zu.

»Und wenn du da sogar eine Tante hast...«

»Was wir wohl erben werden?« meinte Martin.

»Ach, da mach dir mal keine großen Hoffnungen«, sagte Mam. »Vielleicht einen alten, verrosteten Revolver oder einen kleinen Elefanten aus Elfenbein...«

»Ich will ihre Katze erben!« rief Martina.

»Und ich einen Papagei!« schrie Martin. »Hoffentlich hat sie einen. Sie sieht so aus.«

»Lassen wir uns überraschen«, sagte Mam. Sie erhob sich und schob die leeren Teller zusammen.

Hoffentlich darf ich meinen Schnuff mitnehmen. Ich reise nur, wenn er mitdarf.

Ich habe ein Gedicht geschrieben. Hier ist es:

Mein Hund

Mein Rauhhaardackel weiß noch nicht,
wie er mal heißen soll.
Ob Bello, Moritz, Schnuff oder Purzel,
ob Fips, ob Peppi, Schlumpf oder Wurzel.
Wenn man ihn ruft, dann hört er nicht
und springt herum wie toll.
Er knurrt und klafft, er quiekt und jagt
durchs ganze große Haus
und heckt dabei mit Riesenspaß
die ärgsten Streiche aus.
Die Schuhe schleppt er unters Bett,
versteckt sie hinterm Schrank,
und fragt man ihn, dann guckt er weg
und wedelt mit dem Schwanz.
Er treibt die Mieze von Frau Ross
auf einen Baum hinauf,
oft klafft er eine Fliege an
und hört gar nicht mehr auf.
Auch jagt er nach dem eignen Schwanz,
den er nie packen kann.
Den Lederball von Nachbars Franz
springt er laut bellend an
und wundert sich nach diesem Tanz,
daß der wegrollen kann.
Zwar ist der Fips nun stubenrein,
doch manchmal hin und wieder
läßt er die kleine Dusche doch

auf unsern Teppich nieder.
Dann kriegt er einen kleinen Klaps,
der Seppl, Wusel, Knurrimax,
und ein Versöhnungsküßchen
mitten auf sein Schnüßchen.

Zweites Kapitel

Wo steckt Martin mit meinem Dackel? Der Traum von Mozart auf der Baustelle. Mein Hund heißt jetzt Amandus. Wir basteln für den Weihnachtsbasar. Wie der Heilige Geist Frieden bringen könnte. Unsere Briefe an Tante Maria in Venedig.

Martin ist nicht nach Hause gekommen. Es ist schon dunkel, und Martina und ich, wir sind bereits dreimal mit dem Fahrrad alle Straßen unserer Siedlung abgefahren, um ihn zu suchen. Paps meinte, der kommt schon noch, und wir sollen nicht so ängstlich sein.

Aber Mam lief seufzend in der Wohnung hin und her, nachdem sie überall herumtelefoniert hatte. »Und wenn ihm nun etwas zugestoßen ist? Oder dem Hund? Oder beiden?« jammerte sie.

Zu dumm, daß ich den Martin mit meinem Schnuff rausgelassen habe. Martin wollte auch gar nicht und maulte: »Immer ich!«, als Mam ihn mit meinem Hund fortgeschickt hat. Eigentlich ist sie schuld an allem. Sie wollte unbedingt, daß Martin noch frische Luft schnappt. Fips winselte auch schon an der Tür, und dann ist es dringend. Aber Mam hätte besser den Martin weiter Lego spielen lassen und Paps rausschicken sollen. Ich mußte ja noch Schularbeiten machen, und Martina sollte Klavier üben. Ich sagte Mam aber nicht, daß sie selber schuld hat, weil sie schon ganz nervös herumlief und immer wieder die Gardine zur Seite schob und ins Dunkel hinausstarrte.

Old Shatterhand ist niemals durch sinnloses In-der-Wohnung-Herumrennen und Aus-dem-Fenster-Gucken auf die richtige Spur gekommen, sondern durch haarscharfes Nachdenken, durch logisches Kombinieren. Ich kombiniere also:

1. Wohin pinkelt Bello am liebsten?
Antwort: An Bäume, Straßenlaternen, Hausecken oder (selten) an Bordsteinkanten.
Schlußfolgerung: Es gibt davon zu viele, das bringt nichts. Man muß andersherum denken:

2. Wohin würde Martin am liebsten gehen, wenn er schon raus muß an die Luft und nicht raus will?
Antwort: An den nächstbesten Laternenpfahl und dann schnell wieder zurück, um seine Supertankstelle weiterzubauen.

Mit der Logik komme ich nicht weit, das merke ich. Ich bin eben doch kein Old Shatterhand, schade!

Martina saß am Klavier und hämmerte immer dieselbe Melodie.

»Du nervst mich, hör auf«, rief ich.

»Laß sie üben, Katja, sie hat morgen Klavierstunde«, sagte Mam und starrte weiter aus dem Fenster.

»Vielleicht ist er überfahren worden?« meinte Martina, und sie schlug den Klavierdeckel zu.

»Wer?« fragte ich drohend zurück. »Wer soll überfahren worden sein?!« Ich trat dicht an meine Schwester heran und hob den Arm.

Da stotterte sie:

»D... d... der Martin nur, d... d... dein F... F... Fips sicher nicht.«

»Dein Glück!« Ich ließ den Arm wieder fallen.

Aber dann dachte ich: Wenn nun mein Schnuff dem Martin weggelaufen ist und er ihn nicht wiederfinden kann und sich deshalb jetzt nicht nach Hause traut... Laut sagte ich: »Verdammt!«

»Verdammt sagt man nicht.«

Mußte Martina mich auch noch ermahnen! »Ach, halt doch deine Klappe!«

»Ich habe keine Klappe, ich habe einen Mund, daß du's nur weißt!«

»Ach nee, dieser gefräßige Bonbonmüllschlucker da, diese Tränenfanglade, dieses quasselige Plapperrohr, diese schiefe...«

Da hatte sie mich schon angespuckt. Nicht ins Gesicht, sondern auf mein Knie, auf meine neuen Jeans.

»Mam, sie hat gespuckt«, rief ich. »Die Martina. Du hast es ihr doch verboten. Hier ist der Beweis!«

Ich schob mit dem gebeugten Knie, damit die Spucke nicht runterrutschte, zu Mam. Aber sie hatte kein Interesse an der Spucke und schickte uns in unser Zimmer. Ich sah aber noch, wie sie sich eine Flasche aus der Bar angelte und sich eine dunkelbraune Flüssigkeit eingoß und sie mit einem Schluck austrank.

Paps rumorte in der Küche. Aber bis dahin wollte ich mit dem erhobenen Knie nicht humpeln. Also sagte ich nur: »Du Schwein!« und wischte Martinas Spucke mit einem Tempotuch ab.

Dann schlich ich leise ins Wohnzimmer zurück. Wie ich Mam wieder so traurig da am Fenster stehen sah, wollte ich sie irgendwie ablenken, damit sie sich nicht vor Kummer ganz betrunken trank.

»Weißt du was«, schlug ich vor, »wir fahren mit dem Auto Martin suchen! Wenn wir langsam alle Straßen abfahren, finden wir ihn bestimmt.«

»Na, wenn du meinst. Aber ich habe eben einen Cognac getrunken. Es ist vielleicht besser, wenn Paps fährt.«

»Ein Glas ist kein Glas«, beruhigte ich sie. »Paps wollte doch heute das Abendbrot machen, laß ihn doch.«

Ich zerrte Mam zur Tür, denn ich wollte unbedingt, daß sie selber fährt, damit sie nicht noch mehr trinkt. Denn ich habe mal gelesen, daß Leute aus lauter Kummer süchtig werden, trunksüchtig und drogensüchtig und tablettensüchtig...

»Ich zeige dir alle Straßen, die Martin kennt, aber nur, wenn du selber fährst und nicht Paps«, sagte ich.

Mam lächelte schon wieder und holte einen Pfefferminzkaugummi aus der Handtasche, den steckte sie sich in den Mund. »Damit ich keine Fahne habe, wenn mich ein Polizist anhält.« Sie gab mir auch einen Kaugummi und sagte zu Paps ein paar Worte in die Küche hinein. Dann sausten wir ab.

Das heißt, wir fuhren entsetzlich langsam und schauten rechts und links ins Dunkel hinaus. Bei dem schwachen Schein der Straßenlaternen erkannten wir wohl ein paar Fußgänger, aber keinen dünnen Jungen mit einem kleinen Dackel. Bald hatten wir alle Straßen in unserer Gegend abgeklappert. Ich zählte drei Hunde und vier Katzen, nur mein Moritz war nicht dabei.

Mam schaltete das Autoradio an, aber als klasse Beatmusik kam, stellte sie es wieder aus. Sie mag nämlich keinen Beat, und ich wagte nichts zu sagen.

Und dann, als wir ein Stück die Bensfelder Straße entlanggefahren waren und in den Berliner Ring einbogen, um zurückzufahren, erkannten wir plötzlich die Gestalt eines mageren Jungen, der unbeweglich an einer Baustelle stand. Mam ließ das Fernlicht aufblinken: Es war Martin!

Wir fuhren auf den Bordstein, die Bremsen quietschten, wir sprangen aus dem Wagen. Aber der Martin rührte sich nicht. Die Hände in seinem Parka vergraben, tat er, als bemerke er uns nicht, sondern starrte nur auf eine bestimmte Stelle.

»Menschenskind, hast du hier Wurzeln geschlagen?« fuhr Mam ihn an. »Wir warten seit zweieinhalb Stunden auf dich und... ja, wo ist denn der Hund?«

»Meinste, ich steh, zu meinem Vergnügen hier?« brummte Martin. »Das ist es ja gerade, der Purzel ist da in das Loch reingekrochen, hinter dem Kaninchen her, und kommt nicht wieder raus.«

»Hast du ihn denn nicht gerufen?« fragte Mam.

»Na klar habe ich ihn gerufen – mit hundert Namen! Aber er hört ja auf keinen.«

»Katja«, sagte Mam scharf, und sie sah mich drohend an, »jetzt endgültig, letzte Frist: Bis morgen hast du dich für einen Namen entschieden! Und dann beginnst du endlich, deinen Hund zu erziehen, du siehst ja, wohin das führt!«

Ich nickte. »Und seit zwei Stunden ist mein Schlumpf da drin?« fragte ich noch. »Armer Fips!«

»Und ich?« rief Martin wütend. »Ich bin dir wohl egal. Paß doch demnächst selber auf deinen Köter auf! Ich steh' mir für den nicht noch mal die Beine in den Bauch.«

»Finde ich großartig, daß du solange aus gehalten hast«, meinte Mam, »wirklich, Martin. Ich weiß nicht, ob ich diese Geduld aufgebracht hätte.«

Da freute sich Martin, das sah man. Er nahm endlich die Hände aus den Taschen, strich sich über seinen Schädel und fragte: »Habt ihr was zu essen für mich?«

Da fiel mir ein, daß mein Wurstbrot von gestern noch im Auto lag. Für Martin war es schon zu vertrocknet. Aber mit der Wurst konnte ich vielleicht meinen Fips locken.

Es klappte! Als er die Wurst roch, kam der Strolch sofort herausgekrochen. Vielleicht auch, weil er meine Stimme erkannte. Er war voller Erdklumpen und schüttelte den Dreck nach allen Seiten und an unsere Hosen. Aber was machte das schon aus? Ich packte den kleinen Ausreißer und küßte ihn auf die verstaubte Nase, das hat er nämlich so gern. Er roch wirklich ein bißchen nach Kaninchen!

In der Nacht hatte ich einen verrückten Traum:

Mitten auf der Baustelle stand ein Klavier, riesengroß und schwarz, das war von vielen Kerzen festlich beleuchtet. Dazu schienen die Sterne und der Mond. Martin saß winzigklein davor, mit einer Perücke auf dem Kopf, und spielte »Die kleine Nachtmusik« von Mozart, wie ein rich-

tiger Künstler. Mein Hundchen lauschte andächtig, sein linkes Ohr hatte er ein wenig angehoben. Und hinter ihm hockten noch lauter Hasen, ordentlich aufgereiht, die spitzten die Ohren und hörten auch zu, wie Martin so schön spielte. Paps und Mam aber standen neben ihm und streichelten ihm über die weiße Perücke. Nur Martina war nicht dabei.

Wie komisch man träumt!

Heute morgen weiß ich endlich einen Namen für meinen Hund. Er soll heißen wie mein Lieblingskomponist: Wolfgang Amadeus Mozart. Oder nur Amadeus. Ist das auch noch zu lang für meinen kleinen Dackel? Dann eben Amandus. Ja, das geht, das paßt zu seinen krummen Beinchen, so ein altmodischer Name.

Da fällt mir ein: Die Katze von Tante Maria aus Venedig heißt ja Amanda. Amandus und Amanda passen gut zusammen. Sie werden sich bestimmt vertragen.

Unsere Schule bereitet einen Weihnachtsbasar vor. Es wird für die Opfer des Bürgerkrieges in Nicaragua gesammelt. Das ist ein Land in Mittelamerika, wie Frau Schneider uns erzählt hat. Unsere Klasse hat in »textiles Gestalten« dafür gehäkelt. Jeder, was er wollte. Die meisten haben Topflappen gehäkelt. Aber ich finde, so viele Topflappen braucht man gar nicht. Ich habe lieber Eierwärmer gehäkelt, so kleine Hähne für Ostern.

»Zu Weihnachten Häkelküken!« hat Martin gerufen.

»Meinst du vielleicht, jemand will deine Laterne zu Weihnachten haben?« rief ich zurück.

Martin war nämlich zu faul, etwas Neues zu basteln, nachdem er seine Strohsterne weggeschmissen hat, weil sie nichts geworden sind. Und wenn seine Laterne vom Martinszug nicht schon an einer Ecke eingerissen wäre, hätte er sie gar nicht hergegeben. Mam fand aber, daß man die Laterne reparieren kann und wir ein gutes Werk tun, wenn wir die Sachen für den Basar abgeben.

Gestern abend im Bett mußte ich noch darüber nachdenken, warum die Leute sich gegenseitig totschießen und ihre Häuser zerstören, und das auch noch vor Weihnachten. Als Mam zum Gutenachtsagen an mein Bett kam, habe ich danach gefragt. Da setzte sie sich zu mir und sagte:

»Wenn irgendwo auf der Welt Krieg ist, dann haben sich vorher Menschen gestritten, und zwar so gestritten, daß sie sich nicht mehr verstehen und sich hassen. Und es staut sich so eine Wut in ihnen auf, daß sie sogar aufeinander schießen. Krieg ist das Schlimmste, was es gibt, Katja, und wir alle müssen unbedingt lernen, in Frieden miteinander auszukommen. In den Familien muß das schon anfangen, da herrscht auch oft genug Zank und Uneinigkeit, weil jeder nur seinen Willen durchsetzen will und vergißt, sich mit dem anderen, der ja auch Wünsche hat, darüber zu verständigen. Weißt du, an der Bereitschaft zur Verständigung liegt es, und die fehlt den Politikern eben auch mehr oder weniger. Wenn sie so ganz verbohrt sind in ihre eigenen Belange und blind für die anderen und den Völkerfrieden aufs Spiel setzen, dann meine ich manchmal, der Heilige Geist müßte dazwischenfahren und ihnen endlich die Augen öffnen. So ein gewaltiges Wunder, wie es damals zu Pfingsten den Jüngern geschah, wäre auch heute mal nötig... Aber du mußt jetzt schlafen. Morgen kümmern wir uns weiter um den Frieden, ja, Katja?«

Mam gab mir noch einen Gutenachtkuß und ging aus dem Zimmer, aber ich konnte noch lange nicht einschlafen. Immer mußte ich an die Kämpfe denken, die sie im Fernsehen gezeigt haben. Und ich stellte mir vor, wie der Heilige Geist wohl den Krieg beenden könnte. Vielleicht kommt er als Taube oder als Flämmchen oder als Feuerstrahl wie auf dem Bild, das ich mal im Museum gesehen habe, und wie in der Schulbibel. Über jedem Apostel schwebt da ein Flämmchen und über allen breitet die Friedenstaube ihre Flügel aus. Das war auch der Heilige Geist.

Ob so eine kleine, harmlose Taube überhaupt was

bewirken kann? überlegte ich. Also, ich fände es am besten, wenn der Heilige Geist als Nebel angewallt käme. Er müßte sich zwischen die Fronten schieben, in die Straßen der Städte hinein, in den Urwald, überall, wo sich Guerillas und Soldaten der Regierung gegenseitig auflauern. Eine Zeitlang schießen sie noch blindwütig in den Heiligen Geist hinein, aber das macht ihm gar nichts aus, weil er ja unverwundbar und unsterblich ist.

Im Gegenteil, er lacht höchstens und ruft donnernd aus: »Ich weiche erst, wenn ihr eure Waffen niederlegt und zum Frieden bereit seid! Wenn ihr nach Hause zurückmarschiert zu euren Familien!«

Natürlich schießen die Soldaten noch ein bißchen weiter, weil sie noch wütend sind und keine Lust haben, auf den Heiligen Geist zu hören. Aber bei dem Nebel erkennen sie ja keinen Feind mehr. Schließlich werden ihre Gewehre feucht und rosten, und die Soldaten frieren auch und hungern, weil die Fahrzeuge mit den Lebensmitteln nicht mehr durch den Nebel finden. Da haben sie plötzlich von dem Krieg die Nase voll und schmeißen die Gewehre weg – und der Nebel weicht sofort.

Sie rennen nach Hause, und die Frauen sind froh, daß ihre Männer noch nicht tot sind. Sie kochen schnell heißen Kaffee, und die Kinder toben vor Freude herum, und das stört keinen. Schließlich ist Weihnachten und Frieden auf der Welt. Jeder hilft jedem, die zerstörten Häuser wieder aufzubauen, und da kommt schon unser Schuldirektor angereist und überreicht den Leuten einen großen Kasten voll Geld: Den Erlös vom Weihnachtsbasar der Anne-Frank-Schule! Den Leuten bleibt die Spucke weg, so überrascht sind sie, daß Schüler in Deutschland mit Basteleien so viel Geld zusammengekriegt haben.

»Die Kinder haben einen Orden verdient«, sagen sie und hängen unserem Direktor einen Taler um den Hals, auf dem eine Taube mit einem Ölzweig im Schnabel eingraviert ist, ganz aus Gold.

Dann muß ich wohl eingeschlafen sein.

»Bald ist Weihnachten«, sagte Mam, »da schreibt jeder von euch einen Brief an Tante Maria nach Venedig. Wer will, kann auch noch was malen, darüber würde sie sich sicher freuen.«

Das ist vor ungefähr einer Woche gewesen. Und heute beim Mittagessen wollte sie die Briefe schon haben. Wir hatten aber noch kein bißchen geschrieben.

»Na, dann wird's aber Zeit«, sagte Mam. »Die Post braucht manchmal zwei Wochen nach Italien.«

»Manchmal kommt sie auch gar nicht an«, meinte Paps, »wenn die Italiener die Briefe wieder säckeweise zum Zugfenster rausschmeißen.«

»Aber Georg«, rief Mam, »erzähl doch den Kindern nicht immer so was!«

»Auch Kinder schauen schon mal in die Zeitung, und sie sollen auch allmählich mitkriegen, was in der Welt passiert«, verteidigte sich Paps.

»Aber das sind doch olle Kamellen«, sagte Mam. »Das mit den Postsäcken ist doch schon ein paar Jahre her, außerdem finde ich es nicht pädagogisch, wenn du die Italiener vor den Kindern schlechtmachst.«

»Und ich finde es nicht pädagogisch, wenn du mir vor den Kindern Vorwürfe machst! Außerdem habe ich ja gar nichts Schlechtes über die Italiener gesagt. Im Gegenteil, ich finde es ganz lustig, wenn all diese überflüssigen Ansichtskarten von all diesen überflüssigen Touristen in die Poebene hinausflattern...«

Die Martina riß beim Lachen ihren Mund so weit auf, daß die Gurke wieder herausfiel und über den Tisch kollerte. »Schwein«, schimpfte Martin.

»Selber Schwein«, gab Martina zurück und grabschte nach der Gurke, bevor sie über die Tischkante rollte, und steckte sie sich wieder in den Mund.

»Na schön«, lenkte Paps ein, »ich will noch was Gutes über die Italiener sagen. Also: Sie sind immer fröhlich, machen dauernd Witze, reden mit Händen und Füßen und sind allesamt Opernsänger.«

»Waaas? Sänger? Alle?« staunte Martin mit offenem Mund, es fiel aber nichts heraus.

»Na klar, wenn sie auch nicht alle bei der Oper angestellt sind. Aber singen können die! Ihr werdet es ja erleben, wie die Gondolieri über den Canale Grande schmettern, und eure Großtante Stradivari...«

»Stradiavella«, verbesserte Mam.

»...also gut, Stradastella am Flügel ihre Arien trällert. Ihr Mann, der Opernsänger, wird ihr schon die rechten Töne beigebracht haben...«

»Du bist unverbesserlich, Georg«, kicherte Mam. Dann wandte sie sich an mich: »Du, Katja, sammelst nachher bitte die Briefe ein und gibst sie mir zur Durchsicht, klar?«

»Okay, wird gemacht«, sagte ich.

»Dann erfolgt nämlich die Zensur«, erklärte Paps.

Martin protestierte: »Wenn unsere Briefe Zensuren kriegen, dann schreib' ich gar nicht erst!« (Weil er immer so viele Fehler macht.)

»Ach was, Noten«, sagte Paps. »Nie was von Pressezensur gehört? Da wird einfach gestrichen, was nicht veröffentlicht werden darf, was das Volk nicht lesen soll. So machen sie das in den Ländern mit einer Diktatur.«

»Und bei uns ist auch so eine Diktatur?« wollte Martina wissen.

»In etwa«, meinte Paps und schielte vorsichtig zu Mam hinüber, »wenn jemand eure Briefe durchsieht und vielleicht etwas streicht oder ändert.«

Mam seufzte. »Also ich finde, der Vergleich hinkt. Aber gut, wenn ihr's so haben wollt, machen wir's eben demokratisch: Ich lese mir eure Briefe nicht durch und schicke sie mit Fehlern ab, so wie ihr sie schreibt. Aber auf deine Verantwortung!« drohte sie Paps an.

Hätte Mam nur nicht versprochen, die Briefe demokratisch zu lassen. Bei Martin und Martina wäre nämlich eine Zensur besser gewesen. Aber Paps wollte es ja unbedingt ohne.

Hier sind die Briefe:

Liebe Tante Maria!

Ich finde es dufte das du uns eingeladen hast
und mich auch. Was erbe ich den? Hofentlich
eine Gondel! Wir haben nähmlich ein Fischteich
im Park auf dem kan ich dann schön
fahren. Mehr weiß ich nich zu schreiben.
Ich male dier noch ein Tanenzweig
nähmlich weil doch balt Weinachten is.

vielle Grüße

Martin

Martins Unterschrift war nicht zu erkennen. Er hatte sie so unmöglich hingekritzelt, damit es erwachsener aussah, aber es sah ganz kindisch aus. Und den Tannenzweig hatte er doch nicht gemalt, jedenfalls habe ich keinen entdeckt. Als ich ihn darauf aufmerksam machte, wollte er nichts davon wissen.

»Hau ab jetzt!« brüllte er. »Stör mich nicht dauernd!« Da bin ich eben gegangen.

Meine liebe Tante Maria

Ach wie schön das wir nach Fenedich fahren dürfen! Wen doch mal Ostern wöre. Leider kommt ja erst noch Weinachten. Aber das ~~ita~~ ist auch schön, weil da kriegt man so viele ~~Gestenk~~ Geschenke und da kommt auch viel besuch zu uns. Die groß Oma kommt mit dem kleinen Opa und die kleine Oma mit dem großen Opa, sie sind verkert herum verheirattet. Gell da staunst du? Ich weis schon was ich kriege. Ich habe mir eine Katze gewünscht weil doch die ~~Katze~~ Katja ja ein Hund hat und ich habe nichst. Aber wenn ich deine Katze erben soll dann, brauche ich ja keine zu Weinachten. Dann warte ich lieber bis du tod bist. Aber deshalb brauchst

du nich gleich sterben. Du solst noch lange leben,
wirklich. aber was soll ich jetz machen? Hast du auch
ein Papagei? Martin findet nähmlich du siehst so aus
stimt das? Dann kann ja der Martin deinen Papagei erben
und ich krige die Katze, das wär schön!
So und jetz wünsche ich dir frohe Weinachten! Ich klebe dir
noch meine schöne Glanzbilder auf, weil du so lieb bist und
uns alle eingeladen hast.

Viele Grüße

von deiner Martina

Als ich Martinas Brief gelesen hatte, fragte sie mich: »Wie findest du ihn?«

»Wen? Den Hasen?«

»Na, den Brief!«

»Ach, den? Also, einfach Klasse«, sagte ich, und Martina strahlte. »Besonders das vom Sterben«, fügte ich hinzu, »und auch der Osterhase paßt gut zu Weihnachten.«

»Na, weil wir doch zu Ostern eingeladen sind, Mensch! Aber wennste meinst, male ich eben noch einen Tannenzweig.«

»Wohin denn?«

»Dem Hasen in die Pfote.«

»Aber da hält er doch schon den Pinsel, mit dem er die Eier bemalt.«

»Dann mache ich eben aus den Ostereiern noch Weihnachtskugeln.«

»Mensch, bist du aber kitschig«, meinte ich. Ich merkte, daß Martina schon wieder ihre Schippe zog, und sagte schnell noch: »Aber sonst finde ich deinen Brief ganz gut, wirklich, da sind weniger Fehler drin als bei Martin.«

Martina freute sich.

Mein eigener Brief ist noch am besten gelungen, finde ich.

Liebe Tante Maria!

Wie geht es dir? Mir geht es gut. Wenn du mich fragst, mir ist es ganz egal was ich erbe. Wirklich, ich brauche überhaupt nichts zu erben erben ist nicht das Wichtigste im Leben, finde ich. Aber es ist nett von dir das du uns eingeladen hast, wo du uns doch gar nicht kennst. Und deine Katze Amanda gefällt mir auch. Stell dir vor, mein Hund heißt genauso, nämlich Amandus! Es ist ein Männchen, ein süßer kleiner Dackel.

Ich habe ihn zu meinem Geburtstag gekriegt. Er wird sich bestimmt mit deiner Katze vertragen, wo doch beide den gleichen Namen haben! Früher hatte mein Hundchen viele Namen: Fips und Moritz, Bello, Knurrimax, Till, Schnuff, Purzel und viele andere. Er ist sehr, sehr lieb und verträgt sich besonders gut mit Katzen!

(Daß er die Mieze von der Frau Kranstedt immer auf den Baum raufjagt, brauchte ich der Tante ja nicht zu schreiben, sonst erlaubt sie nicht, daß ich Amandus mitbringe. Außerdem gibt es in Venedig ja gar keine Bäume, sondern nur Paläste.)

Jetzt weiß ich nicht mehr, was ich noch schreiben soll. Ich bin im fünften Schuljahr und lerne schon Englisch, aber leider nicht Italienisch. Ist eure Sprache schwer? Und stimmt es, das ihr alle Opernsänger seid?

Schöne Weihnachten und ein gutes Neues Jahr wünscht dir deine
Katja Rose, genannt Pfifferling.

Drittes Kapitel

Wie der Adventssonntag zuerst gemütlich war, dann aber mit einem Krawall endete. Der Backspaß. Ein Nachmittag bei meiner Freundin Christina. Zwei mal zwei Großeltern sind zu Besuch gekommen. Noch ein Gedicht.

Erst war es ganz gemütlich. Wir saßen alle am Kaffeetisch. Drei Adventskerzen brannten schon, und Martin wollte unbedingt gleich auch die vierte anzünden. Das durfte er aber nicht.

»Aber auspusten darf ich sie wenigstens!« rief er, als Mam ihm die Streichhölzer aus der Hand nahm.

Sie sagte: »Meinetwegen, aber erst nachher. Jetzt singen wir noch.«

Wir sangen alle Adventslieder der Reihe nach durch und auch ein paar Schneelieder, obwohl noch gar kein Schnee gefallen war. Dann fing Martina schon mit »Ihr Kinderlein kommet« an. Aber Paps wollte das nicht, weil noch kein Weihnachten ist. Dafür holten Martina und ich unsere Flöten, die wir ganz vergessen hatten, und spielten noch einmal alle Adventslieder durch. Amandus jaulte mit, denn er kann Flöten nicht ausstehen. Als ich gerade zum drittenmal »Herbergssuche« spielen wollte, weil ich das so schön finde, wenn Paps dann singt: »Wer klopfet an?«, und Martin antwortet: »Oh, zwei gar aarmee Leut...«, da meinte Mam, nun wäre es aber genug. (Leider geht es bei uns doch nicht immer demokratisch zu.)

Mam guckte so komisch herum und sagte: »Irgend etwas fehlt noch, findet ihr nicht auch?«

»Wau«, machte Amandus, und wir mußten lachen. Paps angelte sich Kuchen vom Teller, weil jetzt Singepause war. Da griff sich Martin natürlich das größte Stück heraus, das mit der meisten Schokolade drauf.

»Ich weiß, was fehlt: Marzipan!« rief ich.

Mam lachte, und Martin sauste gleich zum Barfach, weil er dachte, das heißt: Es stimmt. Es stimmte aber nicht, es war nichts drinnen. (Ob Mam das Geheimfach mal wieder gewechselt hat? Wir kriegen immer raus, wo sie was versteckt hat.)

»Nein, ich meine Weihnachtsgebäck«, erklärte Mam, »wir haben noch gar keine Kekse gebacken!«

»Au fein, wann backen wir? Jetzt gleich?« Martina sprang auf und wollte schon zur Küche laufen, da hielt Mam sie am Jackenzipfel fest.

»So schnell geht das doch nicht. Laßt uns erst mal überlegen, wen wir diesmal zum Backen einladen.«

Paps runzelte die Stirn. »Mußt du denn immer jemanden zum Backen herholen? Kannst du es nicht alleine schaffen? Die Kinder helfen doch dabei.«

Mam guckte ganz verzweifelt. »Ihr wißt doch, ich bin dabei so ungeschickt. Mir mißlingt immer alles.«

»Nein, gar nicht, Mam« , tröstete ich sie, »das Essen schmeckt jedenfalls immer gut, besonders Pfifferlinge!«

»Fast immer«, sagte Martin. (Er dachte wohl an den Braten, den er nie kauen mag.)

»Du hättest mal in einen Koch- und Backkurs gehen sollen«, meinte Paps. »Was Hänschen nicht lernt...«

»Lernt Hans nimmermehr!« rief Martina und zog Amandus unter dem Tisch hervor.

»Gib ihn her«, sagte ich, »das ist mein Hund!« Ich hob ihn auf den Schoß und strich ihm über das struppige Fell. »Merk dir den Spruch, und halt deine kleine Schnauze, wenn wir Flöte spielen, hörst du? Du unmusikalischer Köter, du!«

Amandus machte ein beleidigtes Gesicht, und ich erzählte den anderen meinen komischen Traum von Mozart auf der Baustelle und wie ich auf »Amandus« gekommen war. Das wußten die noch gar nicht.

Paps lachte: »Was, deinen Dackel, der bei jedem Flötenton jault, den nennst du nach Mozart, diesem Wunderkind!«

»Wunderkind?« rief Martin. »Bin ich auch ein Wunderkind?« (Dem war wohl mein Traum, in dem er leider vorkam, zu Kopfe gestiegen.)

»Du, der Mozart spielte schon als Kind vor Fürsten und«, erklärte Paps vorsichtig, wohl um den Martin nicht zu kränken. »Und er hat die Werke selber komponiert.«

»Kann ich auch!« rief Martin.

Er lief zum Klavier und schlug den Deckel auf. »Ich will auch kompieren! Wie der Mozart!«

Wir mußten alle so lachen.

»Komponieren heißt das«, verbesserte ihn Paps. »Du mußt aber auch aufschreiben, was du da komponierst.« Er zog ein Notenheft unter einem Stapel Bücher hervor und reichte es dem Martin hin.

Doch der wartete erst gar nicht ab, bis jemand ihm einen Bleistift holte, er haute auf die Tasten, daß Amandus gleich fürchterlich zu bellen begann. Martina hielt sich die Ohren zu und rannte hinaus. Es hörte sich auch echt schlimm an. Mam schrie durch diesen Lärm zu Paps: »Da hast du ihm aber einen Floh ins Ohr gesetzt!«

»Habe ich was?« rief Paps zurück.

Niemand konnte mehr ein Wort verstehen. Da zerrte Mam den Paps aus dem Wohnzimmer. Ich packte noch schnell meinen aufgeregten Dackel und schlug hinter mir die Tür zu. Mam und Paps hockten ganz erschöpft auf zwei Hockern in der Küche.

»Irgendwie dufte, dieser Adventssonntag«, sagte ich.

»Mach, daß du rauskommst!« Mam hatte gar keine gute Laune mehr.

Da ging ich eben mit Amandus spazieren.

Nach so viel Aufregung mußte er sowieso erst mal Pipi machen.

Tante Monika kam zum Backen zu uns. Sie schleppte fünf Dosen Margarine, fünf Tüten Milch, fünf Tüten Mehl und ihre Kinder mit an. Dann sagte sie »uff!« und ließ alles auf den Küchentisch fallen. Und während ihre Kinder sich in der Küche boxten, schüttelte sie sich den Mehlstaub von der Pelzjacke.

»Das ist ja alles schön und gut«, meinte Mam, als gerade der Stefan die Renate zu Boden geschlagen hatte, »aber wo hast du die Rezepte?«

»Rezepte? Wieso Rezepte?« fragte Tante Monika.

»Na, deine Rezepte für Weihnachtsgebäck, besonders für die Nußplätzchen.« Mam war richtig enttäuscht.

»Ach, die hab' ich ganz vergessen«, sagte Tante Monika. »Aber die Nußplätzchen können wir auch so backen. Die gelingen mir nämlich immer.«

»Und wo sind die Nüsse?« wollte Mam wissen.

»Ach ja, Nüsse!« Tante Monika schlug sich mit der Hand vor die Stirn. »Die habe ich Dussel total vergessen.«

»Dann müssen wir schnell noch welche holen«, sagte Mam, »aber die zahle ich diesmal. Du hast ja schon so viel mitgebracht!«

»Kommt gar nicht in Frage, die zahle ich!«

»Nein, laß mich doch bitte!«

Jetzt zanken sie sich darum, Geld auszugeben, dachte ich. Wenn keiner bezahlen wollte, das würde ich eher verstehen. Schließlich hatte Mam gesiegt. Sie drückte der Martina ihr Portemonnaie in die Hand und schickte sie mit Renate los.

»Wie viele Päckchen brauchen wir wohl?« fragte Mam noch, und Tante Monika meinte, zwölf würden reichen.

»So viele?« Mam staunte.

»Na, du kriegst doch Besuch zu Weihnachten«, meinte Tante Monika. (Aber Mam fand es, glaube ich, trotzdem zuviel.)

Als die Mädchen dann mit den Nüssen zurückkamen, fiel Tante Monika ein, daß sie noch Bittermandelöl zum Backen brauchte. (Daran hätte sie ja auch gleich denken können.) Diesmal mußten Martin und Stefan los ziehen.

Mam rührte inzwischen den Teig mit all den Nüssen an. Ich und Tante Monika, wir guckten zu. Und als die Jungen das Bittermandelöl brachten, kippte Tante Monika gleich zwei Flaschen auf einmal rein.

Da kriegte Mam einen Schreck und schrie: »Was hast du da gemacht, um Gottes willen!«

»Wieso, was soll ich denn gemacht haben?« fragte Tante Monika beleidigt. »In den Teig gehört Bittermandelöl.«

»Aber nur zwei Tropfen!« rief Mam. »Und nicht zwei Flaschen!« Sie war fix und fertig und sah richtig böse aus.

Tante Monika überlegte und gab dann zu: »Ich glaube, du hast recht. Zu dumm, daß wir kein Rezept da haben, aber ich glaube, du hast recht: nur zwei Tropfen. Aber das ist nicht schlimm. Ich habe eine Idee: Wir verdoppeln einfach den Teig, dann verdünnt sich das Bittermandelzeug.«

»Und die Kekse reichen bis Ostern«, seufzte Mam, aber sie lächelte schon wieder ein bißchen.

»Und wenn der Teig dann immer noch bitter schmeckt«, meinte Tante Monika, »dann schütten wir eben noch ein paar Löffel Zucker drauf. Ihr werdet sehen, unsere Kekse werden erstklassig!«

(Aber ich war davon, ehrlich gesagt, nicht mehr überzeugt.)

Nun sollten die beiden Jungen eigentlich noch einmal Nüsse holen, zwölf Päckchen, damit es die doppelte Menge Teig ergab. Aber sie wollten nicht und zeigten auf mich. Na, da bin ich eben los gelaufen.

Dann schaute ich zu, wie sie den Teig verdoppelten. Diesmal ohne Bittermandelöl. Aber er war irgendwie sehr flüssig geraten. Mam und Tante Monika wußten gar nicht, warum, bei so vielen Nüssen.

»Sollen wir noch Mehl dazutun?« fragte Mam.

»Nein, ich glaube, man macht es ohne Mehl.«

»Aber du hast doch so viel Mehl mitgebracht.«

»Na ja, für alle Fälle«, sagte Tante Monika. »Wir wollten doch auch noch Teig zum Ausstechen machen, damit die Kinder ihren Spaß haben.«

»Ich Idiot!« rief Mam plötzlich, »ich habe ja gar kein Backblech!« Sie setzte sich vollkommen erledigt hin. (Also, ich finde auch, daß Backen ziemlich anstrengend und aufregend ist. Bei uns jedenfalls.)

»Wieso hast du denn kein Backblech?« wollte Tante Monika wissen. »So etwas gehört doch in jeden Küchenherd.«

»Aber ich habe meins verschenkt, weil ich fast nie backe. Und die Montinis mit ihren sechs Kindern backen viel, und sie hatten nur ein Blech. Meins paßte in ihren Herd, weil sie den gleichen haben.«

Da setzte sich auch Tante Monika hin. Sie brummte »Trottel« vor sich hin (das habe ich genau gehört) und meinte meine Mam damit. Aber die hat es nicht gehört, sondern fing plötzlich an zu lachen, und Tante Monika auch.

»Was machen wir denn jetzt mit unserem Riesenhaufen Nußteig? Dreimal haben wir die Kinder einkaufen geschickt, und er hat uns schon allerhand gekostet. Und die Kekse sollten bis Ostern reichen, hahaha!« Kichernd öffnete Mam den Kühlschrank und holte ein Püllchen Sekt heraus. »Also, darauf trinken wir erst mal einen!«

»Ein Prost auf unsere Backkünste!«

Sie ließen den Pfropfen knallen. Da schäumte der Sekt schon über, und Mam lachte noch mehr.

»Einen Orden kriegst du!« rief Tante Monika, die sich auch gar nicht mehr einkriegen konnte vor Lachen. »Einen Blechorden für ausgezeichnete Backkünste!« Und sie heftete Mam ein Backförmchen an den Blusenknopf.

»Der begehrte Bittermandelpreis!« Mam steckte Tante Monika das leere Ölfläschchen in die Jackentasche. »Für beste Organisation!«

Ich dachte schon, jetzt ist der ganze Spaß vorbei. Sie backen ja nun doch nicht. Aber Mam wollte nun in die Stadt hineinfahren und ein neues Backblech kaufen.

»Was gibt es Nützlicheres als ein Kuchenblech«, sagte sie, »wenn man nur einmal im Jahr bäckt.«

Nur leider paßte das neue Blech dann nicht in den Backofen. Dabei hatte Mam vorher Maß genommen. Alle mußten schieben helfen. Schließlich wakkelte schon der Herd. Das Backblech bog sich krumm und paßte trotzdem nicht in die Schienen. Mam fluchte, Tante Monika lachte, ich schwitzte vor Anstrengung, denn ich wollte unbedingt endlich backen!

Da hatte Martin die Idee, das Blech eben schräg hineinzuschieben. (Er ist immer so praktisch.) Zwar lief nun der dünne Teig an der unteren Seite zusammen und floß über den Rand in den Backofen hinein, aber ein bißchen Teig blieb noch auf dem Blech kleben.

Allmählich stank es verbrannt aus dem Herd.

»Oben ist zuwenig und unten zuviel«, meinte Mam. »Aber in der Mitte wird wohl noch ein Streifen brauchbar sein.« Sie riß das Fenster weit auf. »Katja darf dann den Zuckerguß drauf streichen, und die andern können die Plätzchen mit Mandeln und Nüssen verzieren.«

Aber da war nichts mehr zu verzieren. Alles war verbrannt. Und als Mam und Tante Monika mitten beim Schaben und Kratzen waren, um die verkohlten Teigreste loszubekommen vom verbeulten Blech und dem Backofenboden, da schellte es: Paps und Onkel Hanno kamen mit einem großen Blumenstrauß. Zwar rümpften sie die Nase und schnüffelten in der Luft herum, aber trotzdem sagte Paps, als er in die Küche trat: »Hmm, darf ich mal kosten?«

Meine Freundin Christina war mit Muckel da, das ist ihr Meerschweinchen. Wir mußten es aber schnell wieder zurücktragen, weil Amandus es fressen wollte. Eigentlich hatten wir früher schon einmal ausprobiert, ob sich Hunde und Meerschweinchen vertragen. Da war Amandus (so hieß er damals aber noch nicht) immer an Christina hochgesprungen und wollte ihren Muckel beißen.

Jetzt dachten wir, Amandus ist größer und vernünftiger geworden. War er aber doch nicht, schade. Ich ließ ihn bei Martina zurück und ging mit zu Christina nach Hause. In ihrem Zimmer ließ sie den Muckel frei herumlaufen und an den Strohhalmen knabbern, die auf dem Fußboden verstreut herumlagen.

»Ich will für Weihnachten Sterne basteln«, sagte sie. »Machst du mit?«

»Klar«, antwortete ich. »Für Mam und Paps habe ich nämlich noch nicht genug Geschenke.«

»Mögen deine Eltern auch am liebsten was Selbstgebasteltes?« fragte Christina.

Ich nickte und seufzte dabei, weil ich deswegen vor Weihnachten immer so viel zu tun habe.

Erst einmal mußten wir überlegen, was für Sterne wir basteln könnten. Christina legte ihre neue Schallplatte von John Travolta auf, und mir fiel ein, daß ich ein Sternenmobile machen wollte.

»Gute Idee«, fand meine Freundin. »Ich mache auch eins, aber ein anderes als du.«

Sie hatte noch genug Draht da, und wir fingen gleich an zu schneiden und zu kleben. Es machte richtig Spaß.

»Was kriegst du denn zu Weihnachten?« fragte Christina.

»Keine Ahnung, jedenfalls habe ich mir Schlittschuhe gewünscht. Und du?« sagte ich.

»Ich habe mir ein Meerschweinchen gewünscht.«

»Du hast doch schon eins«, wunderte ich mich.

»Eben drum«, erklärte Christina. »Mein Muckel ist ein Männchen, und wenn ich noch ein Weibchen habe, kriegen die beiden lauter niedliche Meerschweinchenjunge.«

»Toll«, sagte ich. »Und wo bringst du sie alle unter?«

»Im Keller ist ja noch Platz.«

»Du hast es gut«, sagte ich. »Martina wünscht sich eine Katze, aber sie kriegt keine. Hoffentlich heult sie dann nicht wieder.«

»Warum kriegt sie keine Katze? Mögen denn deine Eltern keine?«

»Ich weiß nicht genau. Aber wir haben doch schon einen Hund, und Mam sagt, das ist Tier genug im Haus. Vielleicht hat sie Angst, daß Hund und Katze sich nicht vertragen. Dabei hat die Martina gesagt, daß ihre Mieze bestimmt nicht kratzt und beißt, schon gar nicht meinen Amandus. Aber Mam will es trotzdem nicht. Und Martina sagt, wenn sie zu Weihnachten keine Katze kriegt, dann erbt sie eben die von Tante Maria.«

»Von welcher Tante Maria?« fragte Christina.

»Na, von der Großtante aus Venedig, die uns eingeladen hat zu Ostern.«

»Na, dann ist es ja gut«, sagte Christina, und sie fügte noch hinzu: »Schade, daß euer Goldhamster gestorben ist.«

»Ja«, sagte ich. »Mimi hatte sich mit deinem Mukkel immer gut vertragen, aber Goldhamster werden nicht alt, zwei Jahre höchstens.«

Christinas Mutter rief zum Essen, und ich mußte gehen. Wir verabredeten uns noch schnell für den nächsten Tag, denn ich brauchte noch zwei Mobiles für die Großeltern.

Ein paar Tage später waren sie da, beide Omas und Opas. Paps brauchte sie nicht vom Bahnhof abzuholen, denn alle vier kamen im gleichen Auto an, obwohl sie doch in verschiedenen Städten wohnen. Die Eltern von Mam haben nämlich die Eltern von Paps auf dem Weg abgeholt.

Es gab viel Trubel und Durcheinander. Vorher schon, weil Mam dauernd putzte, und nachher auch, weil alle so aufgeregt durcheinanderliefen.

Ich habe ein Gedicht geschrieben.

Hier ist es:

Der große Opa sagt: Nanu, was für ein Hund ist das?
Die kleine Oma sagt: Gewiß macht er euch sehr viel Spaß.
Der kleine Opa sagt: Ach Kinder, wie ihr gewachsen seid!

Die große Oma sagt: Was Wunder, wenn du doch gleich klein bleibst.
Paps lud sie nun alle rein, nahm Stock und Hüte ab, und Mam gab Küßchen, rechts und links, doch Amandus einen Klaps.
Denn er biß sie ins rechte Bein, weil er getreten wurde.
Ich hob ihn auf und küßte ihn und trug ihn auf meine Bude. Dann machte ich die Türe zu und schrieb hier dies Gedicht.
In drei Tagen ist Weihnachten, und weiter weiß ich nicht.

Viertes Kapitel

Wie mir zwei Sprichwörter passiert sind. Kranksein hat auch Vorteile. Die Geschichte von der Entführung des Dogen von Venedig. Die letzten Großeltern reisen ab. Was die Gemeindeschwester mit uns vorhat. Noch etwas über unsere Briefe nach Venedig.

Mam sagt immer: »Es kommt erstens anders und zweitens, als man denkt.« Und Paps sagt immer: »Der Mensch denkt, und Gott lenkt.« Diese Sprichwörter sind mir passiert, ausgerechnet zu Weihnachten! Und das kam so:

Ich hatte mich auf Weihnachten schrecklich gefreut und wollte so richtig schön feiern: die Kerzen am Tannenbaum anzünden, Weihnachtslieder singen, Marzipan essen, mit den Geschenken spielen. Und vor allem wollte ich meine neuen Schlittschuhe ausprobieren.

Leider haben sich dabei meine Beine plötzlich irgendwie verheddert, oder Gott hat sie überquer gelenkt (ich weiß nicht genau, ob der so etwas macht). Jedenfalls knallte ich auf das Eis, rückwärts. Und ich blieb bewußtlos liegen – hat man mir gesagt, ich selbst weiß nichts mehr davon.

Nachher, als ich erwachte und all die Leute um mich herumstanden, wurde mir auf einmal furchtbar schlecht, und ich mußte brechen. Gehirnerschütterung, sagte der Arzt, drei Wochen ruhig im Bett liegen bleiben! Am besten gleich ins Krankenhaus. Mir war alles egal bei den irren Kopfschmerzen. Aber alle riefen: Ins Krankenhaus? Weihnachten? Auf keinen Fall! Wir werden schon aufpassen, daß sie still liegen bleibt.

»Na dann«, sagte der Arzt, »auf Ihre Verantwortung!« Er schrieb noch Zäpfchen auf und ging dann wieder.

Der große Opa wollte mir gleich Geschichten erzählen. Die kleine Oma wollte mir Märchen vorlesen. Die Martina schleppte ihr neues Puppenhaus an, das sie statt einer Katze gekriegt hat, und der Martin legte seine neue Eisenbahn auf mein Bett. Aber ich wollte nichts, nichts, nichts! Nur mein Kopf sollte nicht mehr weh tun! Ich drehte mich zur Wand und heulte in das Kopfkissen hinein. Da scheuchte Mam alle aus dem Zimmer. Sie gab mir ein Schmerzzäpfchen und streichelte meine Hand. Und dann muß ich wohl eingeschlafen sein.

Später, als ich schon fast keine Kopfschmerzen mehr hatte, durfte ich mich trotzdem noch nicht bewegen und spielen. Mein erschüttertes Gehirn sollte zur Ruhe kommen, wie langweilig. Zum Glück durfte ich dann wenigstens die Geschichten vom großen Opa hören. Zwischendurch haben die Zwillinge und die große Oma mit mir Quartett gespielt. Die kleine Oma hat mir aus meinem neuen Buch vorgelesen. Paps hat mir Marzipan in den Mund geschoben, und der kleine Opa hat Witze für mich ausgeschnitten. Da war es gar nicht mehr schlimm, krank zu sein, weil alle so nett zu mir waren. Nur, daß sie immer flüsterten, störte mich, und ich sagte es ihnen auch. Aber da meinten sie, sie hätten sich jetzt an das Leisesein gewöhnt.

»Wenn es nur immer so bliebe«, seufzte Mam. Amandus bellte nicht, Martin und Martina zankten nicht, es war direkt unheimlich.

In der dritten Woche dann, als ich mich schon etwas aufsetzen durfte, habe ich eine von den Geschichten aufgeschrieben, die der große Opa erzählt hat. Sie spielt in Venedig! Opa ist ein toller Geschichtenerfinder. Er hat mir ein bißchen beim Schreiben geholfen, weil ich mich nicht mehr so genau an alles erinnern konnte.

Die Entführung des Dogen

Vor ein paar hundert Jahren war Venedig eine sehr reiche Handelsstadt und eine mächtige Republik, deren Herrschaft weit über Italien hinaus nach Osten bis in das Land der Türken reichte. Adlige und vornehme Kaufleute bau-

ten sich die schönsten Paläste entlang des Canale Grande. Den prächtigsten Palast aber hatte der Doge selber, der Herrscher der Republik Venedig. Er feierte gern rauschende Feste, am liebsten auf Schiffen oder Gondeln, die dann geschmückt in langer Prozession durch die Kanäle zogen. Es wurde musiziert, gesungen, getanzt...

Und bei einem dieser großen Feste, da geschah es: Die goldene Gondel des Dogen kippte um, gerade als sie unter der Rialtobrücke hindurchfahren sollte, und sämtliche Insassen purzelten ins Wasser. Allen voran der Doge! Großes Geschrei, große Verwirrung überall. Niemand hatte bemerkt, wie zwei Männer, die sich unter der Brücke versteckt gehalten hatten, mit langen Stangen unter Wasser die Gondel des Dogen zum Kentern gebracht hatten.

Nach dem ersten Durcheinander wurden lange Paddel hingehalten und lauter triefende Fürsten wie Fische aus dem Wasser geangelt. Aber der Doge war nicht darunter. Nur sein weißer Hermelin schwamm zwischen Melonenschalen und sonstigem Abfall. Er selber schien wie vom Erdboden, das heißt vom Wasser, verschluckt.

Niemand ahnte, daß der Doge entführt worden war. Tatsächlich hatte ihn ein junger Mann, ein besonders guter Taucher, unter dem Wasser durch den Abwasserkanal in das nächstliegende Haus gezerrt. Dort wurde dem Dogen hastig ein Strumpf über den Kopf gezogen, ein Knebel in den Mund gestopft und ihm bedeutet, bei Gott ja nicht zu schreien, wenn ihm das Leben lieb sei. Nun, er hätte jetzt ohnehin nicht mehr schreien können und bekam kaum noch Luft zum Atmen, weil seine Nase durch einen beginnenden Schnupfen schon leicht verstopft war. Verzärtelt und schwächlich, wie er war, lohnte es nicht, sich zur Wehr zu setzen gegen die zwei starken jungen Männer, die ihn nun durch mehrere Gänge, treppauf und treppab zu einem Raum führten, wo ihm dann endlich Strumpf und Knebel abgenommen wurden.

Der Doge wollte gerade lautstark protestieren, da blieb ihm der Mund offenstehen, so überrascht war er. Denn er stand vor Galileo Galilei, dem berühmten Mathematiker und Astronom, der der Republik sein Fernrohr verkauft und ihr damit große Dienste erwiesen hatte. Noch während der Doge überlegte, warum er gerade hierhin entführt worden war, donnerte der Gelehrte seine beiden Begleiter an: »Um Himmels willen, was habt ihr wieder angestellt! Was soll der pitschnasse Doge in meinem Arbeitszimmer!«

»Entführt haben wir ihn!« riefen die beiden Studenten stolz. »Beste Gelegenheit, um ihm das neue Weltbild vorzuführen und ihn für Eure neuen Erkenntnisse zu gewinnen! Der Senat hat doch kürzlich alles für baren Unsinn erklärt. Und der Rat der Republik wollte Euch gar nicht erst anhören. Also müssen wir uns an den Dogen selber wenden. Und, sagt selbst, wie sonst soll man als einfacher Bürger an den Dogen herankommen? Schon die Palastwache weist einen ab. Nicht mal zum sechsten Sekretär wird man vorgelassen ...

»Trotzdem, kein Grund, ein Verbrechen auszuüben!«

schimpfte Galilei. »Und Entführung ist und bleibt ein Verbrechen! Der Zweck heiligt nicht die Mittel!«

Galilei war ganz aufgebracht und ratlos und ging im Zimmer wütend auf und ab und ab und auf.

Schließlich blieb er vor dem bibbernden, triefenden Dogen stehen.

»Er kriegt noch einen hochherrschaftlichen Schnupfen, denn er scheint kein bißchen abgehärtet zu sein. Zieht ihm meinen Mantel über! Und was meine Forschungsergebnisse anbelangt: Daß die Erde sich um die Sonne dreht und die Erde nicht Mittelpunkt der Welt ist, wie man bisher geglaubt hat, diese Wahrheit wird noch einmal jedes Schulkind erfahren, auch ohne den Dogen. Nein, nein, ihr habt ganz großen Blödsinn verzapft, ihn hierherzubringen. Nachher bin ich noch verantwortlich für den fürstlichen Schnupfen, den er sich mit mathematischer Sicherheit hier holen wird, wenn ihr jetzt nicht ein bißchen dalli meinen Mantel bringt! Lauf und hol ihn, Giovanni, und du, Raffaelo, machst Milch heiß, verstanden! Und tu genügend Honig rein! Milch mit Honig schützt vor Erkältung!«

»M... m... milch?« stotterte der Doge.

Es war das erste Wort, das er von sich gab seit der Entführung. Noch nie in seinem herrschaftlichen Leben mußte er Milch trinken. Als Baby vielleicht, aber daran konnte er sich ja nicht mehr erinnern.

Die zwei Assistenten von Galilei sausten los.

»Das Feuer ist schon ausgegangen!« brüllte Raffaelo aus der Küche.

»Dann mach es wieder an!« brüllte Galilei zurück, und er erklärte dem verdutzten Dogen, daß seine Haushälterin schon seit ein paar Tagen nicht kommen könne, weil ihr Kind erkrankt sei. »Kein Wunder bei dieser Feuchtigkeit in dem kleinen, dunklen Zimmer, da muß man ja die Schwindsucht kriegen.«

»Die Schwindsucht?« fragte ungläubig der Doge. »In meinem Reich die Schwindsucht?«

»Ha, Ihr habt wohl keine Ahnung, was in Eurem Reich alles möglich ist, in Eurer eigenen wunderschönen Stadt! Fünf hundertsiebzig Kinder sterben hier jährlich an Unterernährung und an den Folgen der ungesunden Wohnverhältnisse in schimmeligen, dunklen Räumen, wo Ratten herumlaufen... Nicht wahr, das ist Euch in Eurem goldenen Palast vorenthalten worden, der Blick hinter die Kulissen, der Not und Armut zeigt! Aber jetzt trinkt erst mal Eure heiße Milch!«

Galilei legte dem zitternden Dogen eigenhändig seinen Mantel um, den Giovanni herangeschleppt hatte: einen langen warmen Mantel aus echtem Tuch.

»Er ist noch nicht abbezahlt«, erklärte Galilei fast entschuldigend. »Ich habe mit dem Schneider Ratenzahlung vereinbart. Mein Einkommen als Mathematikprofessor Eurer Universität in Padua reicht nicht einmal für einen warmen Mantel aus. Aber schaut her, was ich rausgekriegt habe!«

Die beiden Assistenten hatten inzwischen das Astrolabium herangetragen, und der Doge starrte – schon etwas aufgewärmt – fasziniert auf das Modell unseres Sonnensystems. Er wollte alles erklärt haben, wie es sich in Wahrheit verhält mit der Sonne und der Erde und dem Mond und allen Sternen. Und wenn er anfangs noch ungläubig den Kopf geschüttelt hatte, so rief er schließlich aus: »Das muß der Senat erfahren! Das muß die ganze Welt erfahren und die Bürger unserer Republik zuallererst!«

Galilei zwinkerte den beiden Assistenten zu. Offensichtlich war er schon wieder halb versöhnt, weil der Doge für die Sache beinahe gewonnen schien.

»Gewiß«, sagte Galilei, »die Wahrheit muß in die Welt hinausgetragen werden. Gegen alle Widerstände, die ich kommen sehe. Vor allem wird sich die Kirche gegen mich stellen. Sie will unbedingt an der alten Vorstellung festhalten, daß die Erde eine Scheibe und Mittelpunkt des Weltalls ist und die Sonne sich um sie dreht. Weil sie fürchtet, daß meine neuen Erkenntnisse der Bibel widersprechen.«

»Ach, die Kirche«, meinte der Doge. »Der Papst sitzt in Rom. Und wenn der Kirchenstaat auch groß und mächtig ist, bis hierher reicht sein Einfluß nicht. In meiner Republik ist die Freiheit von Forschung und Lehre gewährleistet. Ich habe Macht und ...«

Knarrend öffnete sich die Seitentür. Alle schauten erschrocken auf eine Frau mit wirrem Haar und verstörter Miene, die Galilei zu sich heranwinkte.

»Mein Kind«, rief sie weinend, »mein armes kleines Mädchen! Ich kann ihm nicht helfen! Ich glaube, es stirbt!«

Sie schlug ihr schwarzes Schultertuch über ihr Gesicht und wandte sich ab.

»Frau Zunto!« Galilei eilte zu der Frau, den Dogen zog er hinter sich her. »Wir holen einen Arzt, der wird Ihr Kind retten!« Er winkte einem seiner Assistenten zu, der gleich verschwand, und trat mit dem Dogen in die Kammer der Haushälterin ein, um selber nach dem kranken Kind zu sehen.

Es war so düster hier, daß man zuerst nichts erkennen konnte. Und es roch muffig, obwohl die einzige, winzige Fensterluke geöffnet war. Aber von draußen drangen nur faule Gerüche aus dem Kanal herein. Hinten an der feuchten, schimmeligen Wand lag – auf Stroh gebettet – das keuchende kranke Mädchen. Galilei legte ihm die Hand auf die fieberheiße Stirn und redete ihm beruhigend zu. »So leben?« rief erschüttert der Doge aus. »Das ist nicht menschenwürdig. Schafft Licht und Luft her!« Er war es eben gewohnt zu gebieten und merkte gar nicht, wie unsinnig sein Befehl war.

Galilei wandte sich langsam um. »Ja, Ihr habt Macht, aber Ihr habt auch Verantwortung, für alle Bürger der Republik und für dieses arme Kind hier. Es ist Eure Pflicht, diese menschenunwürdigen Zustände zu beseitigen.«

Für Frau Zuntos Tochter kam jede Hilfe zu spät, aber der Doge vergaß nie das Elend, das er einmal gesehen hatte. Er ließ auf den Inseln um Venedig, wo die Luft gesund war, helle Häuser bauen und Werkstätten, vor allem Glasbläserwerkstätten, in denen die Leute Arbeit fanden.

Galilei geriet später in Gefangenschaft und Not. Denn der Doge hatte ihn nicht in seiner Republik zurückhalten können. Er zog nach Florenz und nach Rom, um für seine neue Erkenntnis zu werben. Aber er mußte schließlich vor dem Inquisitionsgericht der Kirche seine Lehre verleugnen, sonst hätten sie ihn als Ketzer hingerichtet. Heimlich forschte er jedoch weiter, und die Wahrheit über die Bewegungen der Erde, der Sonne und der Gestirne verbreitete sich allmählich über die ganze Welt.

»Ist diese Geschichte eigentlich wirklich so passiert?« fragte ich den großen Opa noch. »Haben sie den Dogen entführt und zu Galilei gebracht?«

Der Opa stieß schmunzelnd dicke Zigarrenkringel in die Luft und sagte: »Das nicht, ein bißchen Dichterfreiheit mußt du mir schon lassen. Aber so ähnlich hätte es geschehen können.«

Die Schule hat wieder begonnen, vorige Woche schon. Da sind auch der kleine Opa und die große Oma abgereist. Mit dem Zug aber, weil doch die kleine Oma und der große Opa, denen das Auto gehört, noch etwas länger dageblieben sind, wegen meiner Krankheit und der Geschichten, die noch aufgeschrieben werden mußten. Aber gestern, als wir gerade mit der »Entführung des Dogen« fertig waren, da meinte der große Opa, nun sei es auch Zeit für ihn und Kathinka (das ist die kleine Oma).

Sie müßten endlich die Miete bezahlen und die Kakteen gießen.

»Hoffentlich sind sie noch nicht ganz vertrocknet«, seufzte die Oma.

»Erfroren meinst du wohl«, sagte der Opa, »denk an die Eisblumen am Fenster!«

»Ach, du oller Bangemacher. Ich habe doch die Heizung ein wenig angelassen, damit es keinen Rohrbruch gibt.«

Der große Opa drückte noch jedem von uns einen Zehnmarkschein in die Hand, die kleine Oma küßte uns der Reihe nach und sagte, wir sollen fleißig für die Schule lernen.

»Non scholae, sed vitae discimus: Nicht für die Schule, fürs Leben lernen wir«, rief ich, und die Oma meinte überrascht: »Jetzt kann eure Große ja schon Latein!«

Aber ich kann nur diesen und noch einen anderen Satz, den ich immer sage, wenn Mam will, daß ich gleich nach dem Mittagessen Schularbeiten mache: Plenus venter non studet libenter, ein voller Bauch studiert nicht gern.

Ja, und dann sind sie abgefahren. Wir haben alle gewinkt, und Amandus ist bellend hinterhergelaufen. Aber der Fiat von Opa war doch schneller als mein krummbeiniger Dackel, der sich darüber maßlos ärgerte. Er kläffte wütend, mindestens eine Viertelstunde lang, danach winselte er noch eine Viertelstunde. Diesmal half auch keine Wurst. War er etwa auch traurig über die Abreise der lieben Großeltern? Mochte er den großen Opa genauso gern wie ich? Ich weiß manchmal nicht genau, was in seiner Hundeseele vorgeht. Aber daß er mich gern hat, das weiß ich. Und ich drückte und streichelte und küßte meinen Amandus. Da leckte er mir über das Gesicht, das heißt: Wir zwei, wir gehören zusammen!

Heute mußte ich wieder in die Schule. Es war genauso langweilig wie vor Weihnachten. Frau Schneider schimpfte wie immer. Sie rief, sie ist es leid, immer wieder dieselben aufrufen zu müssen, die nicht lernen wollen, immer nur Unsinn im Kopf haben und den Unterricht stören. Und sie ist es leid, weiterhin in einer Klasse von vierzig Unruhegeistern unterrichten zu müssen. (Ich glaube, sie läßt im Sommer eine Menge Schüler sitzenbleiben, damit die Klasse kleiner wird.) Dann gab sie uns eine schriftliche Aufgabe, damit wir beschäftigt waren, während sie in der Zeit die Haushefte von unseren drei Türken und zwei Italienern nachsah und mit ihnen lesen übte.

Aber nach der großen Pause kam auf einmal statt der Schneider die alte Gemeindeschwester in die Klasse. Erst dachte ich, es ist etwas passiert. Denn Frau Wenninger kommt immer bei Notfällen, wenn einer schwerkrank geworden ist oder eine Mutter weggelaufen ist, wie damals bei den Mischniks. Da hatte sie die fünf kleinen Kinder versorgt und bei den Bormanns nebenan den kranken Großvater auch, bis er dann gestorben war.

Heute sah Frau Wenninger aber froh aus. Sie sagte an, daß das neue Gemeindezentrum bald eingeweiht wird und bei dem großen Fest alle mitmachen können. (Großes Gebrüll.) Wir sollen uns in den nächsten Tagen einmal überlegen, was wir vorbereiten wollen: ein Theaterstück, eine Bude bei der Nachmittagskirmes auf dem Kirchplatz, oder sonst etwas. Nur müssen wir uns absprechen, daß nicht alle das gleiche machen. Und die mitmachen, sollen am Montag zu ihr nach Hause kommen, zur Besprechung. (Die Frau ist wirklich Klasse.)

Als sie gegangen war und Frau Schneider wiederkam, war so viel fröhliche Unruhe in der Klasse, daß sie es vorzog, wieder zu verschwinden.

Alle schrien ihre Vorschläge in die Klasse, so daß man nichts mehr verstand vor lauter Lärm.

»Hallo, da seid ihr ja«, sagte Mam, als sie uns die Tür aufmachte. Diesmal kamen wir alle drei gleichzeitig aus der Schule. »Kommt mal ins Wohnzimmer, ich habe ein Hühnchen mit euch zu rupfen!«

»Hühnchen?« fragte Martina zweifelnd. »Welches Hühnchen denn?« Immer nimmt sie alles wörtlich.

»Na, das Hühnchen von Wittlichs nebenan«, rief ich schnell. »Mam rupft es, schlachtet es und brät es für uns zum Mittagessen.«

»Iiiii!« schrie Martina.

»Idiot!« sagte Martin. »Du glaubst auch alles, was Katja erzählt.«

Im Wohnzimmer saß Mam am großen Tisch und hielt einen Brief in der Hand. »Nun möchte ich um alles in der Welt mal wissen, was ihr der Tante Maria nach Venedig geschrieben habt.«

»Siehste, du hättest unsere Briefe nicht demokratisch lassen sollen«, meinte ich. »Das mit der Zensur wäre besser gewesen. Bei den Kindern heutzutage...«

»Red doch keinen Quatsch, Katja«, sagte Mam ärgerlich.

»Wieso denn, was sollen wir schon geschrieben haben?« fragte Martin. »Eine Gondel wollte ich erben, das ist alles.«

»Eine Go...?«

»Ja, und ich ihre Katze«, rief Martina.

»Ihre Ka...?« Mam kriegte den Mund nicht zu.

»Ja, und eigentlich wollten sie, daß die Tante recht bald stirbt, aber dann auch wieder nicht. Und Martina hat noch dazugeschrieben, daß Martin gesagt hat, die Tante Maria sieht aus wie ein Papagei...«

»Großer Gott!« Mam schnappte nach Luft wie ein Fisch. Zuerst war sie bleich und plötzlich rot und brüllte uns an, daß wir sie blamieren, daß wir uns ja überhaupt nicht benehmen können, und noch mehr. Martin zog Martina aus dem Zimmer.

Ich blieb aber bei Mam und versuchte sie zu trösten: »Martina hat noch ein Glanzbild draufgeklebt. Darüber hat sich die Tante Maria bestimmt gefreut.«

»Was für ein Glanzbild?« fragte Mam. Sie hatte sich schon ein bißchen beruhigt.

»Na, von einem Osterhasen. Nur, aus den Ostereiern hat sie Weihnachtskugeln gemacht, weil es doch ein Weihnachtsbrief sein sollte. Und aus dem Pinsel einen Tannenzweig...«

Da lachte Mam plötzlich schallend los. »Tante Maria hat recht«, japste sie und wischte sich die Lachtränen aus den Augen, »sie hat ja so recht.«

»Wieso?« fragte ich. »Was schreibt sie denn?«

»Daß wir unmögliche Kinder haben, die komischsten, die ihr je begegnet sind.«

Das fand ich aber gar nicht. (Was meinen Brief angeht, der ist ganz und gar in Ordnung, da gibt es überhaupt nichts zu lachen. Mich meint Tante Maria bestimmt nicht.)

Mam schob ihr Taschentuch in den Blusenärmel und sagte: »Komm, hilf mir den Tisch decken, Katja. Es gibt heute Omeletts mit Pfifferlingen.«

»Klasse!« rief ich und griff noch schnell nach dem Briefumschlag. Diesmal standen die Briefmarken mir zu, mir allein.

Dann fiel mir etwas am Absender auf, und ich zeigte es Mam. »Das finde ich aber komisch: Sie wohnt in der Nr. 7682 Via Conducci, Venezia. Ist das eine lange Straße!«

»Ich habe mal gehört, daß die Häuser in Venedig nicht nach Straßen, sondern nach Stadtteilen numeriert werden, deswegen die hohen Zahlen«, erklärte Mam.

»Aber so eine unmögliche Hausnummer kann sich doch keiner merken«, sagte ich.

»Brauchst du ja auch nicht«, meinte Mam. (Und da hat sie recht.)

Beim Essen wollte Martina noch wissen, ob Tante Maria im Brief etwas von ihrer Katze Amanda geschrieben hat.

»Kein Wort davon, wieso?« fragte Mam zurück.

»Wenn ich ihre Katze nicht erben darf, dann will ich wenigstens ein Schwesterchen haben!«

Mam seufzte: »Drei Kinder sind genug, drei Kinder reichen vollauf!«

»Die Montinis haben sechs Kinder«, rief Martina, »zwei kleine Mädchen, fast noch Babys, die sind vielleicht süß! Palma und Lydia heißen sie. Gestern habe ich im Sandkasten mit ihnen gespielt.«

»Frag doch mal Frau Montini, ob du sie ausfahren kannst«, schlug Mam vor. »Unser Zwillingssportwagen steht ja noch im Keller.«

Fünftes Kapitel

Wir planen das Gemeindefest. Mein Gedicht über unsere Klasse. Wie Amandus meine Handarbeit verschleppt hat. Wir proben für den Zirkus. Mein Gedicht für den Zirkusdirektor. Unsere Geschenke für Tante Maria. Die Doppelfete. Was uns für Pannen passiert sind und wie das Publikum trotzdem lachen mußte. Amandus darf mit nach Venedig!

Am Montagnachmittag sollten wir zu Schwester Hedwig kommen. Martin und Martina wollen auch unbedingt beim Gemeindefest mitmachen, obwohl Frau Wenninger gar nicht in ihre Klasse gekommen ist. Wir holten die Inge von nebenan ab und meine Freundin Christina, dann rannten wir los zur Theodorstraße, wo Frau Wenninger wohnt, denn es war fast drei Uhr.

Als wir ganz schön außer Puste ankamen, drängelten sich die Kinder schon im Vorgarten und machten einen Riesenkrach. Gleich mußten die Nachbarn sich aufregen und ihre Türen aufreißen und drauflosschimpfen. Sie wollten uns sogar wegjagen. Da rief aber Schwester Hedwig über alle hinweg, daß wir ihre Gäste seien, und die Nachbarn schlugen die Türen wieder zu.

Frau Wenninger brüllte uns nun zu, sie sei froh, daß so viele Kinder gekommen sind, und ob wir nicht lieber zum Bolzplatz hinüberziehen wollten, um dort alles zu besprechen. Sie wäre schon gespannt auf unsere Vorschläge.

Als die anderen Kinder johlend abgezogen waren, sollten wir der Gemeindeschwester helfen, zwei Kästen Limonade aus dem Keller zu holen. Der Martin bekam einen Packen Strohhalme in die Hand gedrückt, mehr brauchte er nicht zu tragen. Er hüpfte damit dauernd vor unseren Beinen herum und freute sich, weil wir uns so abschleppen mußten. Bis ich ihm einen Tritt in die Wade gab, da war er still und schlich hinter uns her. Nach einer Weile packte er sogar mit an am Kasten, aber auf Christinas Seite. Wir mußten fünfmal absetzen.

Der Bolzplatz neben der Kirche war erst halb fertig, aber schon ganz dufte. Große Rohre lagen herum, in die schon eine Menge Schüler reingekrochen waren, als wir ankamen. Sie lagerten sich dort ganz gemütlich und warteten auf ihre Flasche Sprudel. Andere waren obendrauf geklettert und winkten uns johlend zu. Schwester Hedwig brüllte wieder, wir sollen uns alle im Kreis setzen, damit wir uns besser verstehen. Der Boden war ja schon ziemlich warm und trocken bei dem schönen Wetter.

Martina und Inge durften die Flaschen verteilen und Martin natürlich die Strohhalme. Da kamen gleich alle aus den Tonnen herausgekrochen und hockten sich auf den Boden um Schwester Hedwig herum. Weil nun alle auf einmal ihre Vorschläge durcheinanderriefen, sollte jede Klasse einen Sprecher wählen. Das dauerte ganz schön lange, und es gab viel Geschrei dabei. Aber irgendwann hatten sich alle geeinigt. Unsere Klasse hatte den Uwe bestimmt, er sollte meinen und Christinas Vorschlag sagen, nämlich: Zirkus als Kasperletheater.

»Wieso?« fragte die Schwester. »Warum wollt ihr nicht alle selber als Zirkus auftreten?«

Da erklärte ich, daß man beim Puppenspiel ganz verrückte Nummern machen kann, mehr als sonst beim Theater. Die Schwester war nun ganz neugierig geworden und die anderen auch. Es war auf einmal still in der Runde. Alle wollten wissen, was wir uns ausgedacht hatten.

Und Christina und ich, wir erzählten von der Nummer mit einer Kunstreiterin. Also, da nehmen wir eine Puppe an Fäden wie bei einer Marionette und lassen sie auf einem Spielzeugpferd Purzelbäume schlagen. Und wir lassen einen Löwen auftreten, der den Dompteur tatsächlich frißt, ihn nachher aber wieder ausspuckt. Einer schrie dazwischen, er habe zu Hause einen großen Stofflöwen mit einem Maul, das man auf- und zuklappen kann. (Den können wir gut gebrauchen.)

Wir beschrieben dann noch die Seiltänzernummer und was wir mit den beiden Clowns anstellen wollten.

»Habt ihr denn Clowns als Kasperfiguren?« wollte Schwester Hedwig wissen. Hatten wir nicht, aber da riefen schon ein paar Kinder, sie hätten Clowns zu Hause, und ob sie auch mitmachen dürften? Die Gemeindeschwester fand unseren Vorschlag prima, und wir sollten eine Zirkusgruppe bilden, die die Nummern gemeinsam einübt.

Die anderen Klassen hatten auch gute Ideen, zum Beispiel die Wurfbude von der 5a. Die Klasse 7c wollte einen Angelstand errichten, mit Preisen und natürlich auch Nieten an den Haken. Und die 8a wollte ein Café eröffnen, weil sie schon backen gelernt hatte. (Hoffentlich lerne ich das auch bald, weil Mam es doch nicht kann.)

Zum Schluß besprach Frau Wenninger noch Einzelheiten mit den Sprechern und wann das nächste Treffen sein soll. Dann mußte sie noch einmal brüllen, denn es war wieder ein ganz schöner Krach ringsum. Wir sollten noch die Flaschen einsammeln und die Strohhalme. Und wer wollte die Kisten zurücktragen? Uwe, Kai, Inge und Peter meldeten sich. Klar, mit den leeren Flaschen waren die Kisten ja auch viel leichter.

Ich habe ein Gedicht geschrieben über das, was heute in meiner Klasse passiert ist:

Kettenreaktion im Klassenzimmer
oder:
Der Unschuldige kriegt eins auf den Deckel
von unserem Lehrer Christian Meckel

Der Volker zog mit aller Kraft
die Heike an ihrem Zopf.
Sie trat mit dem Fuß,
doch flog dabei
ihr Klotschen dem Max an den Kopf.
Der packte den Atlas und stieß damit
seinem Nachbarn Heino in den Nabel.
»Ich war's doch gar nicht!« brüllte der
und erhielt dafür
vom Lehrer Meckel 'nen Tadel.
Die Eintragung ins Klassenbuch,
das also ist der Schule Fluch:
Der Unschuldige ist der Bösewicht,
denn Gerechtigkeit, die gibt's ja nicht.

Mam hat gesagt, wir sollen schon einmal überlegen, was wir der Tante Maria nach Venedig mitbringen wollen. Martina schlug gleich ein Schlafkörbchen für die Katze vor und Martin eine Angel. (Nur damit er sie sich ausleihen und von der Gondel aus im Kanal Fische fangen kann.) Ich wollte Tante Maria eine Stola häkeln, so eine ähnliche wie die auf dem Foto.

Mir fiel ein, daß ich in Venedig eine neue Hundeleine für Amandus brauche, er hat seine erste schon arg zerkaut.

»Ich weiß gar nicht, ob dein Hund dort erwünscht ist, Katja«, sagte Mam. »Ich meine wegen der Katze. Und Tante Maria hat schon genug Trubel mit unserer ganzen Familie.«

»Wenn ich ihn nicht mitnehmen darf, dann bleibe ich auch hier!« rief ich. »Ohne Amandus fahre ich nicht!«

Mam seufzte und schlug noch vor, den Hund bei Bollmanns oder bei meiner Freundin Christina abzugeben. Aber ich hörte gar nicht mehr hin.

Ich hatte viel zu tun in letzter Zeit. Für die Schule, für das Gemeindefest, für Tante Maria in Venedig. Aber es ist nicht viel passiert. Nur gestern, da hat mein Dackel die Stola weggeschleppt, die ich für Tante Maria häkele.

Es ist so: Immer wenn ich gerade so gemütlich am Häkeln bin, in der Mittagspause zu Beatmusik oder abends mit meiner Freundin Christina zusammen, die schon wieder Eierwärmer macht, dann kommt mit Sicherheit Amandus angehoppelt. Er beißt in einen Zipfel der Stola und zieht und zerrt so lange daran herum, bis ein paar Reihen aufgetrennt sind. Die muß ich dann natürlich wieder nachhäkeln.

Klar, er ist eifersüchtig und will sich auf diese freche Art bemerkbar machen. Es ärgert ihn, daß ich häkele und mit Christina spreche, statt mit ihm zu spielen. Wenn ich ihm dann für den Winter eine Weste verspreche – vielleicht noch mit Ärmeln dran für seine krummen Beinchen –, bellt er zwar fröhlich, aber zerrt trotzdem weiter an der Stola herum. Was soll man da machen?

Gestern hat er es endlich geschafft, mir die Stola aus der Hand zu reißen. Blitzschnell war er damit unter meiner Liege verschwunden.

»He du!« rief ich. »Oller Köter du, gib mir meine Stola sofort wieder!«

Ich hatte echt Angst, er trennt dort unten in aller Ruhe auf, was ich in wochenlanger Arbeit zusammengehäkelt habe. Oder er zerbeißt die Wolle. Und es war so ein schönes Muster geworden. Aber ich weiß, schimpfen hilft überhaupt nicht. Amandus ist nämlich stolz. Er verlangt einfach, daß man nett mit ihm ist. (Recht hat er!)

Also versuchte ich es mit Bitten: »Amandus, gib mir die Stola wieder, bist auch mein bester Schatz.«

Mein Hund wollte aber nicht der beste Schatz sein. Er knurrte unwillig unter der Liege und rückte keinen Fingerbreit vor. Und als ich mich bückte, sah ich, wie er verschmitzt aus der hintersten Ecke hervorschielte. Mit beiden Pfoten hielt er die Stola fest wie eine Beute. Ab und zu knabberte er ein bißchen daran herum, dann hob er den Kopf und knurrte ein bißchen.

Ein Knochen schmeckt ihm ja doch besser als Wolle, dachte ich. »Du kriegst auch eine Scheibe Wurst, oder zwei«, lockte ich ihn, »wenn du mir meine Stola zurückbringst.«

Amandus spitzte die Ohren, blieb aber unbeweglich liegen. Er hat eben Charakter. Bestechen läßt er sich nicht.

Aber was sollte ich machen? Ich mußte ihn irgendwie überlisten. Bloß wie? Mir fiel ein, daß Amandus mein Flöten nicht ausstehen kann. Also holte ich meine C-Flöte aus der Schublade und begann zu spielen: »Es blies ein Jäger wohl in sein Hooorn, wohl iin sein Horn.« Bei »Horn« heulte er laut auf. Ich spielte ungerührt weiter: »Und alles, was er blies, das war verlooor'n, das waar verlor'n.« Bei »verlor'n« jaulte Amandus in höchsten Tönen, richtig schaurig. Wenigstens beißt er solange nicht in die Stola, dachte ich und setzte die Flöte ab. Der arme Dackel mußte wohl furchtbar leiden, denn er jaulte immer noch. Aber er blieb an seinem Platz unter dem Bett.

Befehlen, Bitten, Überreden, Flöten, nichts wirkte, gar nichts. Ich gab es auf. (Ich muß meinen Hund eben nehmen, wie er ist. Und manchmal ist er wirklich unausstehlich. Aber ich hab' ihn trotzdem lieb.) Seufzend legte ich mich auf den Boden, kroch so nah wie möglich an ihn heran und streckte einen Arm nach ihm aus. Er zuckte zurück. Aber ich erwischte doch einen Zipfel von seinem kleinen Schlappohr und streichelte es. Da hörte er auf zu jaulen. Und als ich ihm noch mit den Fingerspitzen über die Nase strich (das hat er nämlich besonders gern), da leckte er meine Hand. Und nun rückte er tatsächlich ein paar Zentimeter näher zu mir.

Ich streichelte sein liebes, rauhes Fell und versprach ihm: »Du kommst mit nach Venedig, oder ich bleibe auch hier. Und wenn sie sich auf den Kopf stellen, ich lasse dich nicht bei anderen Leuten.«

Da kam er ganz vorgekrochen und gab mir wirklich die Stola zurück. (Also hat er alles verstanden, der kluge Hund!) Gleich kuschelte er sich in meine Arme und leckte mir über das Gesicht. Ich küßte ihn auf die Nasenspitze.

Wir beide, wir gehören zusammen.

Fast jeden Nachmittag proben wir für die Fete. Wir streiten uns noch immer, ob es eine richtige Fete wird oder ein Fest. Paps findet, die Einweihung vom Gemeindezentrum ist keine Fete. Ist es jawohl, schreit dann Martin. (Er meint das, weil abends auch getanzt wird.) Das Programm für den Tag sieht so aus: nach dem Gottesdienst offenes Singen, Essen aus der Gulaschkanone und danach bunter Nachmittag mit Kaffee und Kuchen, Losbuden, Kasperlezirkus, Flohmarkt, Wettspielen, Wurfbuden...

Und dann haben die Zwillinge auch noch am selben Tag Geburtstag. Das hatten wir zuerst gar nicht gemerkt. Sie werden neun. Nun müssen wir alles zusammen feiern.

Paps sagte heute beim Abendbrot, wir sollen das vorher genau planen und auch an unseren Einsatz beim Gemeindefest denken. Alle riefen mal wieder gleichzeitig durcheinander, so daß man nichts mehr verstehen konnte. Schließlich einigten wir uns darauf, mit den Geburtstagsgästen hier bei uns Kaffee zu trinken und Torten zu essen und Eis und Mohrenköpfe und dann zusammen zum Fest zu gehen. Paps will jedem auch etwas Geld mitgeben für Lose und Spiele und Cola.

Zwischen 16 und 18 Uhr haben wir ja unsere Zirkusvorstellung, und Martina soll mit im Café beim Bedienen helfen, mit ein paar anderen aus ihrer Klasse. Abends wollen wir hier zu Hause noch Spiele machen und im Kamin grillen. Aber vor 20 Uhr, weil Martin dann seinen Job als Kegelboy übernehmen muß.

Die Zwillinge führten sich vor Freude wieder einmal wie die Irren auf und rannten schreiend und lachend durch das Haus. (Ein bißchen übertrieben, finde ich. Aber ich freue mich auch auf die Fete oder das Fest oder beides zugleich.)

Wir proben natürlich wieder in unserem Spielkeller, und es macht Spaß.

Der Uwe aus meiner Klasse hat das größte Kaspertheater von allen. Das hat er zusammen mit Jörg angeschleppt und im Spielkeller aufgestellt. Die Kasperpuppen und Stofftiere, die wir für unseren Zirkus brauchen, haben wir uns von überallher aus geliehen.

Unserem Seppl haben wir aus Mams rotem Seidenschal einen Turban gebunden, damit er als Schlangenbeschwörer etwas indischer aussieht. Paps hat uns eine orientalische Melodie herausgesucht, die ich hinter dem Vorhang auf der Flöte spiele. Natürlich hält der Seppl meine Pikkoloflöte an den Mund, damit es so aussieht, als würde er die Musik machen. Jörg läßt dann unsere Karnevalsschlange tanzen. Er zieht sie von oben an Nylonfäden und läßt sie sich zur Musik ringeln. Die Fäden sind ja fürs Publikum unsichtbar.

Uwe und Kai spielen die Clownsnummer. Das wird eine tolle Nummer. Die beiden Clowns tanzen ganz verrückt zu Beatmusik von meiner Kassette. Dabei stoßen sie mit dem Hintern aneinander, treten sich tolpatschig auf die Quadratlatschen, zielen mit den Fäusten gegenseitig auf die dicken roten Nasen. Schließlich endet der Tanz in einem Boxkampf, bis beide schachmatt am Boden liegen. Die Musik setzt aus. Dann ein Trompetenstoß, und die Clowns springen erschreckt in die Höhe und tanzen weiter, aber ohne Musik. Das ist auch zum Lachen.

Sie machen irre Verrenkungen und Purzelbäume und Kopfstand. Dabei kommen sie sich dauernd ins Gehege, bis der kleine Clown schließlich den großen Clown packt und wütend mit ihm davonrennt, der nun ganz erschöpft über seiner Schulter baumelt.

Ich und Christina, wir führen die Kunstreiterin vor. Dabei lasse ich die Puppe Rosi auf dem Pferd turnen, das Christina hält. Natürlich reitet das Pferd absichtlich manchmal schneller, und Rosi schwebt in der Luft, damit die Zuschauer lachen müssen. Ich habe ihr auch Nylonfäden durch Arme und Beine gezogen und einen im Haar befestigt.

Mechthild wollte unbedingt das feuerspeiende Krokodil vorführen. (Wir haben ein Feuerzeug, das eine Stichflamme gibt.) Und Peter spielt den Zirkusdirektor, der unsere Schau groß ankündigt. Das hat noch Schwester Hedwig bestimmt, daß Peter diese Rolle kriegt. Viele haben sich darum gerissen. Paps hat seinen Frack und Zylinder dafür hergegeben. Und ich habe den Text geschrieben, den der Zirkusdirektor zu Beginn der Vorstellung ausruft. Hier ist er:

Tretet ein, ihr Leute, tretet ein!
Denn schön ist es, im Zirkus zu sein.
Wenn die Seiltänzerin schwingt ihr Bein.
Und wenn die Kunstreiterin Purzelbäume schlägt,
sogar das Krokodil sich regt

und im Fluß 'ne Menge Feuer speit.
Es ist soweit, tretet ein, ihr Leut!
Einen Schlangenbeschwörer haben wir heut'.
Es gibt wirklich was zu lachen,
wenn die Clowns aus Beat 'nen Boxkampf machen
und der Löwe zwanzig Würste frißt
und dann noch den Dompteur verschlingt,
da freut sich wirklich jedes Kind
und die Erwachsenen dazu,
auch über den Zauberer Marabu!
Verhext er doch Esel, Maus und Kuh,
und Sie, liebes Publikum, dazu!
Tretet ein, ihr Leut', tretet ein, ihr Leut'!
Klasse Nummern gibt es heut!

Mam drängte, wir sollten doch endlich die Geschenke für Tante Maria fertig machen und nicht wieder erst im letzten Augenblick. Tatsächlich fangen die Osterferien schon zwei Tage nach dem Gemeindefest und dem Geburtstag der Zwillinge an. Und wir reisen am ersten Ferientag und feiern Ostern in Venedig.

Martin hat seinen Scherenschnitt für Tante Maria vorhin fertiggeschnipselt. Er sagte, er sei ganz toll geworden. Da wollten wir das Kunstwerk auch einmal bewundern. Stolz brachte er das Blatt an, wo er den Scherenschnitt draufgeklebt hat, und hielt es hoch, damit es niemand anfaßt. (Er ist so pingelig.)

»Das ist ja ein Weihnachtsbaum!« rief Martina.

»Na und?« meinte Martin, »haste was dagegen?«

Da sagte ich: »Komisch, zu Weihnachten kriegt die Großtante einen Osterhasen und zu Ostern einen Christbaum.« Denn an den Zweigen hingen Kugeln, und es steckten Kerzen drauf. Das sah man sehr deutlich, obwohl ja alles schwarz war.

»Aber einen Weihnachtsbaum kann ich nun mal am besten«, maulte Martin. »Einen Osterhasen würde ich nie hinkriegen.«

»Brauchste ja auch nicht«, sagte ich, »aber ein Blumenstrauß geht leicht zu schneiden, so mit Glockenblumen und Kätzchen. Warum machst du das nicht? Das sieht wenigstens nach Frühling aus.«

»Ich will aber keinen Blumenstrauß schneiden, und ich kann auch keinen, und ich hab' jetzt schon so lange am Tannenbaum gesessen. Und wenn die Tante Maria den nicht mag, dann kann sie mich mal!« rief Martin. »Mitsamt ihrer Gondel. Dann will ich die gar nicht mehr haben, die Gondel!«

»Kriegste ja sowieso nicht«, sagte ich.

Aber da war Martin schon draußen. Den schwarzen Tannenbaum hatte er uns auf den Tisch geknallt.

Martina malt schon seit Wochen an ihrer schwarzen Katze herum. (Ein Glück, daß meine Stola nicht auch noch schwarz ist, sonst würde Tante Maria noch denken, wir sind in Trauer. Ich habe rosa und hellblau genommen, weil ich diese Farben so schön finde.) Martinas Katze soll die Amanda von Tante Maria sein, die auf dem Foto. Aber sie malt sie viel, viel größer, fast so groß wie in Wirklichkeit. Sie hat einen riesigen Plakatkarton genommen, deshalb wird sie auch nicht fertig mit dem Bild. Bis der mal voll Katze ist... Der Schwanz hat auch nicht mehr draufgepaßt. Aber die Maus ist ihr wirklich gelungen, die zwischen den Pfoten von der Katze liegt. Sie ist hellgrau und hält in ihren Pfötchen einen winzigen roten Ball. Mit dem spielt sie. Denn sie braucht keine Angst vor der Katze zu haben. Tante Marias Katze frißt keine Mäuse. (Hoffentlich!)

»Willst du immer noch die Katze von Tante Maria erben?« fragte ich, »Mam sagt, du willst, daß wir noch ein Baby kriegen, und das kommt gar nicht in Frage.«

»Will ich ja auch«, sagte Martina, »ich will eine Katze und ein Baby haben!«

Ich zeigte ihr einen Vogel. »Du bist ja völlig übergeschnappt. Daran glaubst du ja wohl selber nicht.«

Martina legte den Pinsel hin. »Doch, daran glaube ich. Du hattest dir ja auch so lange einen Hund gewünscht und dann wirklich einen bekommen.«

Ich schwieg. Eigentlich wollte ich ihr sagen, daß sie ja gerade wegen meinem Hund keine Katze kriegen kann. Weil Mam nicht so viele Tiere im Haus mag, und außerdem denkt sie, daß sich Hund und

Katze nicht vertragen. Und ein Baby will sie erst recht nicht mehr. Drei Kinder reichen ihr. Sie hat ja wegen uns schon auf ihren Beruf verzichtet.

»Wie findest du meine Stola?« fragte ich Martina, weil ich keine Lust mehr hatte, über ihre Katzen und Babys zu reden.

»Doof ist sie. Ganz doof«, sagte Martina.

»Wieso das? Was ist denn mit dir los?« fragte ich.

»Wenn du nicht willst, daß ich eine Katze oder ein Baby kriege, dann ist deine Stola auch nicht schön!«

»Na gut«, sagte ich, »dann eben nicht.«

(Sie ist aber doch schön geworden! Tante Maria wird sich freuen.)

Auf dieser Doppelfete war vielleicht etwas los! Mir brummt jetzt noch der Kopf von all dem Trubel.

Einen guten Anfang machte schon das Wetter. Es war ja fast so warm wie im Frühling. Daher konnten wir die Stände draußen aufbauen. Der Gottesdienst am Morgen, der das neue Gemeindezentrum einweihte, war ganz toll, mit drei Pfarrern gleichzeitig und mit Pauken und Trompeten und dem Kirchenchor.

Wir liefen immer zwischen unserer Wohnung und dem Platz hin und her, um nichts zu verpassen, die Zwillinge hatten ja außerdem noch Geburtstag. Martina hat einen großen schwarzen Stoffkater bekommen. Martin ein Auto und ein Denk-fix-Spiel.

Und als Hauptgeschenk erhielten beide ein neues Fahrrad.

Nach dem Geburtstagskaffee hatten wir und die Gäste kaum den letzten Bissen Torte im Mund, da rannten wir schon los zum Platz. Wir mußten uns auch beeilen, denn unser Kasperlezirkus sollte beginnen. Da ist dann ziemlich viel schiefgelaufen. Aber komisch, die Zuschauer haben trotzdem gelacht. Die haben wohl alle Pannen für einen Extraspaß gehalten. Schließlich mußten wir Spieler auch lachen. Das Krokodil riß beim Lachen das Maul so weit auf, daß Kais Feuerzeug wieder rausfiel. Das Pferdchen kippte um vor Lachen, und die beiden Clowns hielten sich den Bauch.

Aber ich will der Reihe nach berichten, wie die Pannen passiert sind. Ich fange mit dem Peter an. Er sollte doch als Zirkusdirektor das Publikum anlokken. Vorher hatte er den Text auch fließend gekonnt, den ich ihm gedichtet habe. Aber jetzt, vor so vielen Leuten, die sich unterhielten, lachten, Würstchen aßen, verlor er den Mut.

»Tretet ein, ihr Leute, tretet ein, denn sch... sch... schö...« stotterte er und hielt erschrocken die Hand vor den Mund.

In den ersten Reihen fingen die Kinder schon an zu kichern, und Peter bekam einen roten Kopf. Der Uwe versetzte ihm von hinten einen kleinen Stoß, da fing Peter noch einmal an. Diesmal stotterte er aber schon bei »Tretet ein...« Jetzt lachten die Kinder vorn laut los. Die Erwachsenen hörten auf, sich zu unterhalten. Es war sehr peinlich, und der Peter tat mir leid.

Ich hielt schnell meine Puppe Rosi hoch, die ich als Kunstreiterin verkleidet hatte, und ließ sie zum Publikum sprechen: »...Denn schön ist es, im Zirkus zu sein. Wenn die Seiltänzerin schwingt ihr Bein...« Dabei zog ich am Nylonfaden, und Rosi hob ihr Bein. Die Leute lachten. Da wußte der Peter den Text wieder und sagte ein paar Zeilen, dann wieder die Puppe...

Es ging ganz gut, Peter hat auch gar nicht mehr gestottert. Den letzten Vers riefen wir gemeinsam: »Tretet ein, ihr Leut', tretet ein, ihr Leut'! Klasse Nummern gibt es heut!«

Die Zuschauer klatschten. Peter warf mir einen dankbaren Blick zu, als ich an ihm vorbei hinter den Vorhang eilte, denn eigentlich mußte ich ja gleich weitermachen. Aber ich war so aufgeregt, daß ich die beiden Jungen bat, mit den Clowns anzufangen.

Das hätte ich wohl nicht tun sollen. Denn schon gab es die nächste Panne. So schnell kam der Jörg nicht mit Uwes Radiorecorder zurecht. Der Vorhang war schon aufgezogen, die Clowns standen bereit für den Beat, da fiepte und knarrte und dröhnte es aus dem Apparat, so daß die Clowns erschrocken einen Hüpfer machten und zu Boden fielen. Denn die

Jungen waren natürlich gleich schimpfend zu Jörg hingestürzt.

Die Leute lachten. Na, endlich hatte Jörg begriffen, wie man den Radiorekorder bedienen mußte, und die Musik setzte ein. Die Clowns tanzten auch ganz dusselig daher, wie es geübt war, und ärgerten sich gegenseitig. Alles klappte soweit ganz gut. Nur der verabredete Kinnhaken, den der erste Clown dem zweiten verpassen sollte, landete dummerweise in der Luft, weil der zweite Clown sich gerade wegdrehte. Von dem Schwung purzelte Clown Nr. 1 zu Boden, Clown Nr. 2 stolperte über ihn und fiel auch hin. Die Kinder lachten und klatschten Beifall, dabei war es gar nicht so gedacht.

Nachher klappte es ausgerechnet nicht mit dem Feuerzeug. Es wollte und wollte nicht zünden. Und das Krokodil sollte doch Feuer speien. Das Publikum wartete gespannt. Da wurde Mechthild ungeduldig. Ihr Krokodil schnappte plötzlich nach dem Feuerzeug und fraß es auf.

Auch bei der Nummer mit dem Tanz der Kobra gab es eine Panne. Dem indischen Seppl, dem Schlangenbeschwörer, war die kleine Flöte weggerutscht und vor die Füße der Kinder in der ersten Bank gerollt. Die Schlange tanzte trotzdem weiter. Und ich hatte das natürlich hinter dem Vorhang nicht mitgekriegt und flötete weiter. Auch noch, als dem Jörg der Bindfaden gerissen war, an dem die

Schlange hing. Flöte weg, Schlange am Boden, der Schlangenbeschwörer hing schlaff über der Kante, und ich flötete und flötete und wunderte mich über das Gelächter aus dem Publikum.

Als der Löwe auftreten sollte, hatten wir vergessen, die zwanzig Würstchen zu besorgen, die er verschlingen sollte. Er brüllte immer nach der Wurst, aber es war gar keine da. Schließlich wandte er sich an die Zuschauer und hörte erst auf zu brüllen, als ein kleines Mädchen ihm ein Bonbon hinhielt. Das war gut!

Ich glaube, unsere Vorstellung war gelungen, und die Pannen haben sie erst recht lustig gemacht.

Wir haben hinterher noch an dem Luftballonwettbewerb teilgenommen. (Hoffentlich fliegt mein Luftballon am weitesten. Als Preis gibt es nämlich ein Fahrrad. Und meins ist doch nicht so schön wie die neuen Räder von den Zwillingen.) Der Martin hat heute vielleicht Glück gehabt. Er hat einen Hauptpreis an der Losbude gewonnen: freie Wahl! Er wählte einen Riesenelefanten. Den schleppte er dann überall mit herum, sogar bei seinem Job als Kegelboy.

Zu Hause haben wir noch im Kamin gegrillt, und zum Abschluß haben wir zusammen Abendlieder gesungen.

Es war eine sehr schöne Doppelfete. Und am schönsten war es, als Paps noch an mein Bett kam und sagte: »Du kannst deinen Amandus nach Venedig mitnehmen. Wir haben mit Tante Maria telefoniert. Sie erzählte, daß ihre Katze weggelaufen ist, einfach verschwunden, und da hätte sie gern wieder mal ein Tier im Haus.«

Ich bin Paps gleich um den Hals gefallen vor Freude. Mir war, als ob ich selber Geburtstag hätte. (Aber Martina wird traurig sein, weil sie doch Tante Marias Katze erben wollte.)

»Vielleicht kommt Amanda ja auch wieder zurück«, sagte ich.

»Vielleicht«, meinte Paps, »bei Katzen ist das möglich. Schlaf jetzt, Katja, der Tag war lang, und morgen ist wieder Schule.«

»Aber übermorgen gibt es Ferien!« rief ich.

Und als Paps gerade aus dem Zimmer gehen wollte, um Martina, die immer noch im Bad rumorte, endlich ins Bett zu schicken, fiel mir noch etwas ein.

»Warum fahren wir eigentlich mit dem Zug und nicht mit dem Auto nach Venedig?« fragte ich.

»Weil man in Venedig sowieso nicht mit dem Auto fahren darf, da gibt es ja fast nur Kanäle, keine Straßen«, erklärte Paps.

»Au fein, da fahren wir nur immer mit der Gondel!« rief ich und konnte vor Freude lange nicht einschlafen.

Sechstes Kapitel

Unsere Abreise. Die Giftnudel und ihr Papagei im Zug. Mein Traum vom Kleinen Wagen und vom Großen Bar. Was Venedig mit dem Löwen zu tun hat. Warum Venedig langsam im Meer versinkt. Trubel am Bahnhof und die kleine Großtante. Mit dem Schiff auf dem Canale Grande und wie ich verlorengegangen bin.

Es gab so ein irres Durcheinander vor der Abfahrt, das kann ich gar nicht beschreiben. Nur, wie Mam und Paps schimpfend aus den sechs Koffern und vier Taschen zwei Koffer, zwei Taschen und einen Korb machten. Das heißt, sie zerrten alle Sachen, die wir so schön sorgfältig für die Reise eingepackt hatten, einfach wieder heraus und wählten selber aus, was mitgenommen werden sollte.

»Wir fahren für eine Woche nach Venedig und nicht für ein Jahr nach Amerika«, sagte Paps.

Ich protestierte. Die Zwillinge schrien auch, sie wollten selber bestimmen, was sie mitnehmen wollten. Aber Mam warf uns einfach hinaus. Das fanden wir nicht richtig, und wir sagten das auch. Dann merkten wir, daß Mam schrecklich nervös war.

Na, später haben wir den Zug gerade noch erwischt. Er stand schon auf dem Bahnsteig, als wir angelaufen kamen. Ich hatte Amandus in meinen Korb gesteckt und am Halsband festgehalten, damit er nicht etwa hinausspringt und wegläuft in dem Wirrwarr. Leider fanden wir kein Abteil mehr, das ganz leer war, nur eins, da saß schon eine Frau, die einen Käfig mit einem Papagei auf dem Schoß hatte.

»Dann wird sie auch nichts gegen unseren Hund haben«, meinte Paps und schob uns der Reihe nach in dieses Abteil hinein.

Da hatte er sich aber verrechnet, denn die Frau fing gleich an zu keifen, der Hund würde ihren armen kleinen Max erschrecken und wir sollten woanders einen Platz suchen. Da blieben wir erst recht drinnen, denn schließlich waren wir ja in der Überzahl. Ich zog gleich mein Buch »Griechische Sternsagen« heraus und ließ Amandus mit hineingucken. Nur sich nicht ärgern über so eine Giftnudel, dachte ich. Die Zwillinge kramten auch ihre Bücher aus den Taschen, und so verging die Zeit recht schnell.

Das Ruckeln und Wackeln im Zug, das eintönige Rattern der Räder und das Schnarchen der Papageienfrau gegenüber – das alles hat mich allmählich müde gemacht. Paps schaltete über der Tür das Licht aus, aber eine kleine, trübe Lampe brannte noch. Damit man nicht über alle Beine stolperte, falls man in der Nacht mal mußte.

Irgendwie war es jetzt ganz gemütlich. Sogar der Papagei auf dem Gepäcknetz über mir klappte regelmäßig die Augenlider auf und zu, hielt sie aber immer länger zu als auf. Wenn er sie aufklappte, starrte er immer auf mich herunter. Mit Mühe hatten Paps und die Giftnudel den Käfig gemeinsam hochgestemmt, wobei sie wieder gekeift hatte: »Seien Sie gefälligst vorsichtig, Sie erschrecken ja meinen armen Max!«

»... armen Max!« hatte der Papagei gekrächzt.

Jetzt war er still, vielleicht, weil auch von uns niemand mehr sprach. Wir hatten alle die Sitze ein wenig ausgezogen, die Beine ausgestreckt und uns in die Ecken gekuschelt oder gegeneinander gelehnt. Nur an die Giftnudel wollte sich niemand lehnen, sie hätte es wohl auch nicht geduldet.

Martin hatte sich zum Schlafen seinen Parka über das Gesicht gezogen, die Nase aber zwischen den Ärmeln durchgesteckt, damit er genug Luft bekam. Auch die Giftnudel hatte sich in den Mantel verkrochen. Ein Glück, da brauchte ich nicht immer in ihre Visage zu starren, denn sie saß ausgerechnet mir gegenüber. Mir reichte es schon, daß sie dauernd mit ihren Beinen gegen meine Hüfte stieß. Natürlich stupste ich sie dann jedesmal wieder.

Amandus kuschelte sich in meine Arme, er war froh, mal bei mir liegen zu dürfen, und nicht im Hundekorb, wie zu Hause. Die Martina mußte ich noch etwas zur Seite schieben, weil sie sich so breit gemacht hatte, als ob ihr das Abteil allein gehörte.

Mam zwinkerte mir von schräg gegenüber zu und drehte sich dann auch zur Seite und versteckte das Gesicht hinter ihrer neuen Wildlederjacke. Die hat Paps ihr extra für die Venedigreise gekauft. Als verspätetes Hochzeitsgeschenk.

»Wieso Hochzeitsgeschenk?« hatte Martina gefragt. »Ihr seid doch schon verheiratet.«

»Na, weil sie damals doch diese doofe Hochzeitsreise nach Lappland gemacht haben und besser nach Venedig gefahren wären«, hatte ich ihr erklärt.

»Und Mam kriegt erst jetzt ihr Geschenk?« (Für Martina war das zu kompliziert.)

Paps zog umständlich seine Pfeife raus, stopfte sie mit Tabak und zündete ihn an, wobei er ängstlich zur Giftnudel hinüberschielte. Vorhin hatte sie ihm nämlich verboten zu rauchen und mit ihrem Hexenfinger auf das Schild »Nichtraucher« geklopft. Aber jetzt schlief sie ja fest. Hoffentlich wacht sie vom Rauch nicht wieder auf, dachte ich und kuschelte mich in die große Stola, die ich für Tante Maria gehäkelt hatte.

Dann schaute ich noch ein bißchen in den Nachthimmel hinaus. Die Sterne leuchteten groß und hell wie selten. Ich erkannte ganz deutlich den Kleinen Wagen und wunderte mich, daß er auch Kleiner Bär genannt wird, denn wie ein Bär sah der wirklich nicht aus. Dann muß ich eingeschlafen sein, denn was jetzt kam, war ganz verrückt.

Ich wollte mit zwei schweren Koffern in den Händen zum Bahnhof laufen. Aber ich kam nicht von der Stelle, so sehr ich mich auch anstrengte. Da hörte ich einen Pfiff. Der Zug! dachte ich und bemühte mich verzweifelt, schneller zu laufen. Schon rollte der Zug heran. Ein Scheinwerfer blitzte auf, das war ein riesiger Stern. Und der ganze Zug bestand nur aus zwei Wagen, dem Kleinen Wagen und dem Großen Wagen, die mit der Deichsel aneinandergehakt waren. Im Großen Wagen saß vorn der Papagei der Giftnudel, und im Kleinen Wagen saß eingeklemmt der Große Bär und brummte.

Endlich kam ich vorwärts, aber nur langsam. Der Schaffner winkte mit der Kelle, ich solle mich beeilen und endlich einsteigen. Ich wollte auch gern mitfahren, weil ich nach Venedig mußte. Aber die Koffer waren so schwer. Da riß der Schaffner sie mir ungeduldig aus den Händen und schubste mich auf den Großen Wagen hinauf zum Papagei. Der klappte gleich ganz aufgeregt mit den Augendeckeln und rutschte auf dem Sitz hin und her.

Ein Pfiff der Zug ruckte an. Da merkte ich, daß die Koffer noch auf dem Bahnsteig standen und ich auch meinen Hund vergessen hatte! Der Zug aber fuhr schon in die Nacht hinaus, stieg in die Höhe, auf den Himmel zu ...

»Amandus!« schrie ich und beugte mich über den Wagenrand.

»...mandus!« rief der Papagei.

Da stürzte ich hinaus und fiel in die Tiefe und fiel...

»Katja, ist was passiert?«

Mam hob mich vom Boden auf. Ich mußte wohl im Schlaf hinuntergerutscht sein. Die Giftnudel brummte was, wie: »Frechheit, einen so mitten in der Nacht aufzuschrecken.«

»...echheit«, echote der Papagei und klappte ein Auge auf und stierte auf mich herab.

»Ich habe geträumt«, sagte ich zu Mam.

»Erzähl mal«, flüsterte sie.

»Ruhe!« brüllte die Giftnudel, und auch Martin brummte unwillig aus seiner Ecke heraus.

Da zog mich Mam zu ihrem Platz hinüber. Paps erhob sich und stieg vorsichtig über alle Beine hinweg und setzte sich auf meinen alten Platz. Und ich flüsterte Mam meinen Traum ins Ohr.

Wahrscheinlich bin ich dabei noch einmal eingeschlafen, denn es ist anstrengend, so leise zu erzählen. Ich weiß nur, wie mir auf einmal die Sonne ins Gesicht schien und ich hinausblinzelte und die Berge langsam im Hintergrund verschwanden. Der letzte Rest von den Alpen. Schade, da waren wir nachts durchgefahren. Und jetzt waren wir längst in Italien! Eine weite, grüne Landschaft mit schlanken, hohen Bäumen, mit Weinfeldern und vereinzelten hellen Häusern sauste vorbei.

»Hier ist ja schon alles grün, Mam«, rief ich.

»Ja, südlich der Alpen beginnt der Frühling eher, weil es hier wärmer ist als bei uns«, sagte Mam, die auch in die Landschaft hinausgeschaut hatte.

Alle waren sie schon wach und lächelten mir zu.

»Die hat aber lange geschlafen!« grinste Martin.

Die Papageienfrau sah jetzt am Morgen gar nicht mehr so giftig aus. Vielleicht freute sie sich auch, daß sie schon in Italien war.

Martin hatte einen großen Venedig-Bildband auf seinem Schoß aufgeschlagen.

»Laß mich mit reingucken«, rief ich und drängte mich neben ihn. Ich wunderte mich, daß auf fast allen Fotos ein Löwe zu sehen war.

»Ist das ein Wappentier von Venedig?« fragte ich.

Paps erklärte: »Der Löwe ist das Symbol vom heiligen Markus und von Venedig. Wenn ihr wollt, erzähle ich euch, was der heilige Markus mit Venedig zu tun hat.«

Mam verteilte Butterbrote und Äpfel und ließ Colaflaschen rundgehen. »Aber paßt auf, Martin, Katja, daß ihr das schöne Buch nicht bekleckst!«

Ich ließ den Apfel und die Schnitte klammheimlich in meinen Korb fallen. Und damit Mam nicht merkte, daß ich nichts essen wollte, machte ich mit dem Mund so, als würde ich kauen. Aber die Colaflasche öffnete ich und trank sie zur Hälfte leer.

In der Zeit erzählte Paps:

Der heilige Markus kam im ersten Jahrhundert nach Christus auf einer Missionsreise in diese Gegend und geriet in der Adria in einen heftigen Sturm. Es blieb ihm nichts anderes übrig, als sein Schiff in die sumpfige Lagune zu steuern, auf der später die Stadt Venedig errichtet worden ist. Hier saß er erst einmal fest und kam nicht weiter. Aber da erschien ihm ein Engel und rief ihm zu: »Friede sei mit dir, Markus!« Und sofort löste sich das Schiff aus dem Sumpf. Der heilige Markus reiste dann gleich wieder heim nach Alexandrien (das liegt in Ägypten) und starb dort später. Aber achthundert Jahre danach beauftragte ein Doge einige Venezianer, die in Alexandrien Handel trieben, die Reliquien des heiligen Markus aus der mohammedanischen Stadt heraus und in das christliche Venedig zu holen.

So schlichen sich die Kaufleute zur Grabstätte des heiligen Markus, sammelten seine Gebeine in einen Korb und deckten ihn mit Kohl und Schweinefleisch zu. So transportierten sie den Heiligen nach Venedig ...

»Weiß jemand von euch, warum sie Schweinefleisch zum Zudecken nahmen?« fragte Paps.

Ich kann es nicht ausstehen, wenn er Fragen stellt wie der Lehrer in der Schule. Darum sagte ich: »Nein, Herr Lehrer, wir haben keine Ahnung. Erklären Sie es uns doch bitte.«

Alle lachten. Nur Paps nicht, der war echt beleidigt und wollte nicht mehr weitererzählen.

Da meinte Mam: »Ich kann mir denken, warum. Die Mohammedaner dürfen kein Schweinefleisch essen, weil es im Koran so vorgeschrieben ist. Der Koran, das ist ihre Bibel. Deswegen interessierten sich die mohammedanischen Zollbeamten in Ägypten wohl auch nicht für dieses Fleisch und wollten es bestimmt nicht einmal berühren, um drunterzugukken, ob da noch was versteckt war. Auf diese Weise gelangten die sterblichen Überreste sicher nach Venedig.«

»Na, so sicher nun auch wieder nicht«, mischte sich Paps wieder ein. »*Unterwegs trieben die Leute mit ihrem Schiff nämlich auf ein Felsenriff zu, ohne die Gefahr zu bemerken, denn es war Nacht, und der Kapitän schlief auch. Um ein Haar wäre das Schiff zerschellt. Da geschah das Wunder: Der heilige Markus erstand leibhaftig vor den Augen der erstaunten Seeleute und wies sie gerade noch rechtzeitig auf den Felsen hin.* Seht, das ist hier auf einem alten Gemälde festgehalten.«

Paps blätterte im Venedigbuch und zeigte uns das Bild. Rechts sah man den spitzen Felsen, an dem das Segelschiff mit ein paar Frauen und Männern darin gerade vorbeifuhr. Unter einem Fähnchen am Heck des Schiffes stand der heilige Markus mit einem goldenen Heiligenschein. Er wies mit der linken Hand auf die Menschen im Schiff, mit der rechten auf den Felsen und den Himmel. Auf dem großen, geblähten Segel war ein Kreuz gestickt und unter dem Schiff, im Meer, stand mit Goldbuchstaben etwas Lateinisches.

Paps erzählte noch, daß sie die Gebeine des heiligen Markus dann in Venedig beigesetzt haben und darüber erst einmal eine Kapelle errichteten. Später wurde nach und nach der große Markusdom ausgebaut. Der war auch auf einer Ansichtskarte von Tante Maria drauf gewesen.

»Kinder, wir können doch nicht so ungewaschen der Tante vor Augen treten«, rief Mam, »also, ich schlage vor, einer nach dem andern begibt sich in den kleinen Waschraum. Und Zähneputzen nicht vergessen!« Damit verteilte sie an uns Handtücher, Seife und Zahnbürsten.

»Oder möchten Sie zuerst?« wandte sie sich höflich an die Giftnudel. Die fühlte sich wohl sehr geehrt, aber wahrscheinlich wollte sie sich nicht waschen und es nicht zugeben. Jedenfalls ließ sie uns allen den Vortritt.

»Beeilt euch, Kinder, wir sind nämlich bald da!« rief Mam uns nach.

Mir klopfte das Herz vor Aufregung. Ich packte Amandus und wollte ihn zum Waschraum mitnehmen, aber Mam zog ihn am Schwanz zurück.

Als ich wiederkam, war in unserem Abteil ein ziemliches Gedränge. Ein Durcheinander von Leuten, Koffern, Mänteln, und mittendrin der Papagei, der über den Köpfen unruhig gegen das Gitter flatterte und aufgeregt krächzte. Amandus bellte aus Leibeskräften mit. Ich zwängte mich in das Gewühl, packte meinen kleinen Kläffer und schob mich wieder in den Gang hinaus.

Aber Mam hielt mir den Korb entgegen und warf mir noch meinen Parka nach.

»Das mußt du schon selber tragen, Katja, deine Sachen können wir nicht auch noch schleppen.«

Amandus jaulte, weil ihn ein Ärmel am Auge gestreift hatte. Um ihn abzulenken, hielt ich seinen Kopf an die Fensterscheibe.

»Schau' da ist Venedig!«

Aber das konnte draußen unmöglich das schöne Venedig sein. Fabrikschornsteine, aus denen giftiggelber Qualm aufstieg, Mauern, häßliche graue Häuser, viele Lastwagen auf verschmutzten Straßen...

Paps stand auf einmal neben mir. Er hatte den großen Koffer abgestellt und war gerade dabei, sich seine Pfeife anzuzünden. Er merkte wohl meine Verwunderung, denn er sagte: »Das ist noch nicht Venedig, Katja, das ist eine Industriestadt vor der Lagune, ein Vorort von Venedig. Hier gehen viele Venezianer zur Arbeit. Mittlerweile sind auch schon viele Familien hier hinausgezogen.«

»Wie? Sie wollen lieber hier wohnen als in Venedig? Hier ist es doch potthäßlich.«

Martin preßte neben mir seine Nase gegen die schmutzige Fensterscheibe. Paps erklärte, daß viele Wohnungen in Venedig alt und verkommen sind, teilweise schon schimmelig vor Feuchtigkeit. Und daß die Stadt ja langsam absinkt.

»Warum?« fragte Martin dazwischen.

»Mensch, bist du doof«, sagte ich. »Weil die Stadt uralt ist. Da werden die besten Pfähle morsch, wenn sie Jahrhunderte im Wasser stehen.«

»Nein, Katja«, widersprach Paps, »deswegen allein brauchte Venedig noch lange nicht im Meer zu versinken. Das Holz würde noch halten, wenn die Chemikalien, die durch die Industrieabwässer in die Lagune gelangen, es nicht langsam aber sicher zerfressen würden.«

Leider kam ich nicht mehr dazu, Paps zu fragen, wieso sie denn nicht die Fabriken vor Venedig abreißen und woanders aufbauen. Denn ich wurde gestoßen und zur Seite gedrängt, weil sich so viele Leute aus den Abteilen in den Gang hineinschoben und dem Ausgang zustrebten.

»Guck mal da, ein Schornsteinfeger!« rief Martin.

»Ich sehe hier keinen, aber stups mich nicht so!«

»Da draußen doch, auf dem Dach. Schade, jetzt sind wir schon vorbeigefahren! Ich will auch mal Schornsteinfeger werden.«

»Dann bringst du allen Leuten Glück«, sagte ich.

Der Zug fuhr nun über einen Damm, und man

sah ringsum nur Wasser. Und dann tauchten Türme, Kuppeln, Dächer auf...

»Venedig!« schrie ich. »Amandus, da ist Venedig!« Ich war auf einmal so glücklich, daß ich am liebsten in die Luft gesprungen wäre, wenn es nicht so eng im Gang gewesen wäre.

»Paßt auf, daß wir alle zusammenbleiben!« brüllte Mam von hinten. »Wir warten alle auf dem Bahnsteig!«

Und als der Zug mit einem Ruck hielt, drängelte, schubste, knuffte, bellte und rief alles durcheinander. Ich stieß Paps meinen Korb in den Rücken, hielt mein Hundchen fest an mich gepreßt und schob mich langsam nach vorn. Paps hob mich auf den Bahnsteig hinunter. (Als ob ich nicht selber gehen könnte!)

Dann hob er noch Martin und Martina runter und reichte sogar der Papageienfrau die Hand. Aber kaum war sie unten, keifte sie gleich giftig los, Paps hätte ihr beinahe den Arm abgekniffen, so fest hätte er zugepackt, sie würde sicher einen riesigen blauen Fleck kriegen. (Soll sie doch, schwarz soll sie werden, und nicht nur am Arm!)

Dann sammelten wir unsere Siebensachen zusammen und steuerten fröhlich auf den Ausgang des Bahnsteiges zu. Ob Tante Maria uns wohl abholen würde? Am Schalterhäuschen winkte uns schon eine kleine, dicke Frau hinter der Sperre heftig zu.

Es war Tante Maria, ich erkannte sie wieder vom Foto her. Sie lachte und weinte auch ein bißchen, rief italienisch und deutsch durcheinander. Sie umarmte uns und küßte uns, obwohl wir noch fremd waren, und redete wie ein Wasserfall. Ich verstand gar nichts, fand sie aber irgendwie nett und lustig.

Sie steuerte vor uns aus dem großen Bahnhof hinaus. So viel hatte ich noch mitgekriegt aus ihrem Wortschwall, daß in Venedig keine Autos fahren dürfen, nur Boote und Gondeln als Taxen oder Dampfer als Straßenbahnersatz. Da gerade ein Dampfer anlegte, wollten wir den gleich nehmen, weil das billiger war als eine Taxe. (Mit einer Gondel fahren wir aber auch noch!) Erst stritten sich Paps und Tante Maria noch ein bißchen herum, weil jeder die Fahrkarten bezahlen wollte.

»San Marco! Piazza San Marco!« rief uns Tante Maria zu. Das war wohl die Station, an der wir aussteigen mußten. Ich bekam eine Fahrkarte in die Hand gedrückt, und schon waren wir auf dem Schiff, mitten im Gedränge. Ich quetschte mich nach vorn durch, denn ich wollte unbedingt an die Reling, um alles mitzukriegen. Denn soviel wußte ich schon von Venedig, daß wir den Canale Grande entlangfahren würden, an dem die schönsten Paläste liegen. Der Dampfer hupte und fuhr los.

Ich winkte mit meinem Taschentuch allen Leuten auf den Gondeln und Schiffen zu, die uns begegneten. Aber schade, kaum einer winkte zurück. Es ging immer von einem Ufer zum anderen hinüber und zurück und wieder hinüber. Auf diese Weise konnte man alle Häuser und Paläste gut erkennen. Schön waren die! Schöner noch als auf den Fotos im Venedig-Buch. Sie leuchteten golden und rötlich in der Sonne mit all den Türmchen, Spitzbogen und Schnörkeln und verzierten Balkonen. Und sie standen wirklich direkt im Wasser, ohne Bürgersteig davor. Sogar die Stufen vor den Toren führten ins Wasser hinab. Davor waren überall an Holzpfählen Gondeln angebunden und bunte Boote, Ruderboote, Motorboote, Jachten, alles durcheinander.

Ich zeigte Amandus, der seinen Kopf aus dem Korb reckte, diese tolle Stadt, und er staunte genauso wie ich. Die Zwillinge sah ich gar nicht im Gedränge, ich wußte auch nicht, wo die Eltern und Tante Maria steckten. Aber das machte ja nichts. An der Haltestelle San Marco würden wir ja wieder zusammentreffen. Ich paßte auf, wann wohl der Dogenpalast auftauchen würde, denn da mußte auch der Markusdom sein.

Wir fuhren ganz lange, und noch immer war viel Betrieb auf dem Schiff. Endlich sah ich auf der linken Seite den Dogenpalast mit dem Markusdom. Und als der Dampfer anlegte, erkannte ich auch ein Schild mit »San Marco«. Ich stieg aus und ging ein bißchen am Kai entlang.

Dort hatten ein paar Leute ihre Staffelei aufgestellt, um die schöne Kuppelkirche auf der anderen Seite des Canale Grande abzumalen. Nur was die eine Malerin malte, konnte man überhaupt nicht erkennen. (Das nennt man »abstrakt«, weiß ich von Mam.) Ich fragte sie, warum sie sich denn hier hinstellt, wenn sie doch nur Farbkleckse hintupft. Sie blickte mich erstaunt an und redete etwas Unverständliches. Natürlich, ich war ja in Italien!

Aber ich mußte jetzt erst einmal nach meinen Leuten sehen. Hoffentlich warteten sie an der Haltestelle noch auf mich! Ich nahm meinen Korb, hob Amandus auf den Arm und rannte zurück. Da standen viele Leute am Ufer, die wohl auf den nächsten Dampfer warteten, aber kein Martin, keine Mam oder Tante Maria darunter! Ich bekam es mit der Angst zu tun. Und zornig war ich auch. Konnten sie denn nicht ein bißchen auf mich warten? Sie hätten wenigstens einen von der Familie als Posten zurücklassen können, wenn sie es schon so eilig hatten. Was sollte ich tun?

Wütend beschloß ich, zehn Minuten zu warten und dann loszugehen. Wohin, wußte ich allerdings nicht so genau. Einfach ein bißchen herumbummeln, vielleicht zum Markusplatz und zum Dom. Also setzte ich mich ans Ufer und ließ die Beine baumeln. Eine frische Brise kam von der Lagune auf, aber sonst war es warm und so sonnig schön, daß der Zorn zerfloß und von den Wellen unter mir weggespült wurde.

Ich zog mein Geheimbuch aus dem Korb und schrieb meine letzten Erlebnisse auf, wie es im Zug war und was für einen komischen Traum ich hatte.

Siebentes Kapitel

Wie ich mit Amandus allein durch Venedig laufe. Wir brauchen etwas zu essen. Ärger wegen einer Brezel. Rausschmiß aus dem Markusdom. Mein trauriges Gedicht und ein Plan für die Nacht.

Amandus mußte mal. Die Wartezeit war auch schon lange um. Ich beschloß, mich nicht mehr zu ärgern, sondern mit meinem Dackel loszuziehen und mir Venedig anzugucken. Vielleicht traf ich ja die anderen unterwegs.

Amandus pinkelte gegen eine der Markussäulen, die da standen. Es gab auch keine Bäume in der Gegend, nur viele Leute und schöne Häuser.

Die verschiedensten Sprachen hörte ich ringsum, auch Deutsch dazwischen. Aber ich wollte die Touristen nicht ansprechen. Wie sollten sie mir helfen, wo ich mich nicht einmal an Tante Marias Nachnamen erinnern konnte? Und an diese komische Adresse mit der irren Hausnummer erst recht nicht. War es 2658 oder 2865 gewesen? Hätte ich sie mir damals nur gemerkt, mitsamt dem Straßennamen!

So bummelte ich mit meinem Hundchen an der Leine über den riesigen, sonnigen Markusplatz, scheuchte Tauben auf, streifte durch enge Gassen, überquerte lauter kleine Brücken und betrachtete die schwarzen Gondeln in den Kanälen. Ich mußte lachen bei der Vorstellung, wie Martin wohl mit seiner geerbten Gondel bei uns zu Hause über die Fischteiche rudern würde.

Was für hübsche Geschäfte gab es überall! Mit zerbrechlichen Glasfiguren im Schaufenster, mit kostbaren Porzellanvasen, teurem Schmuck und eleganten Kleidern! Amandus staunte auch, so niedliche kleine Boutiquen hatte er auch noch nicht gesehen. Vielleicht war Tante Marias Geschäft auch in einer dieser Gassen? Ich spähte zwischen alten Geräten, Kronleuchtern, Uhren, den halbverrosteten Kerzenhaltern und sonstigem Krempel in die Ladenräume. Ich preßte mein Gesicht gegen hundert Fensterscheiben – nirgends entdeckte ich eine kleine, dicke Madam, die unsere Tante Maria sein könnte.

Aber Düfte stiegen mir in die Nase, daß ich niesen mußte und einen Mordshunger kriegte. Denn es roch nach frischen Brötchen und leckerem Kuchen, nach gebratenem Fleisch, nach Kaffee, Spaghetti und Erdbeeren. Eine ganz appetitliche Mischung. Amandus, der ja noch besser riechen kann als ich, fing schon leise an zu jaulen. An einem Pizzastand blieb er wie angewurzelt stehen, bellte herausfordernd zu mir hoch, legte seinen Kopf schief und klappte das rechte Ohr um. (Das heißt: »Wann gibt's endlich was zu fressen?«)

Natürlich erinnerte ich mich an das Frühstücksbrot und an den Apfel im Korb. Aber das wollte ich für später aufbewahren, als allerletzte Reserve vor dem Verhungern. Doch Amandus weigerte sich weiterzugehen, so sehr ich auch zog und zerrte. Er wollte seine Pizza haben. Da packte ich ihn und hob ihn auf den Arm. Beinahe hätte er mich gebissen, so böse war er. Der arme Hund, was mußte er für einen Hunger haben!

»Warte, mein Schatz«, tröstete ich ihn, »ich besorg' uns was zu essen. Das ist ja kein Diebstahl, sondern Mundraub.« (Und das ist nicht so schlimm, haben wir im Religionsunterricht gelernt.)

Betteln wäre auch erlaubt, überlegte ich. Aber ich schämte mich. Außerdem bettelten in den Gassen schon genug schwarzhaarige zerlumpte Italienerkinder die Touristen an. Mit mir hätte sowieso keiner Mitleid, so wie ich angezogen war, in meinen Jeans und dem neuen Ringelpulli. Und mein Haar sieht auch nicht italienisch aus.

Amandus zappelte wild auf meinem Arm wie so ein kleines bockiges Kind. Er bellte sogar und knurrte und schnappte nach mir, ich konnte ihn kaum halten. Mir blieb nichts anderes übrig, als ihm ein Stück von meiner Schnitte abzubrechen. Er verschlang den Bissen sofort und wollte noch mehr haben. Da gab ich ihm eben den Apfel, damit war er eine Zeitlang beschäftigt, und ich hatte meine Ruhe.

Inzwischen überlegte ich weiter, wie ich an etwas Eßbares herankommen könnte. Wenn sich Kinder in Märchen verirrten, fanden sie wenigstens Pilze und Beeren. Aber hier auf dem Pflaster der Piazza San Marco, wo wir inzwischen wieder angelangt waren...? Da entdeckte ich an der Ecke des Domes einen Stand mit Brezeln neben vielen Ansichtskarten. Mit dem kauenden Amandus auf dem Arm steuerte ich darauf zu. Und es gelang mir tatsächlich, mit dem Ellbogen zufällig gegen die Brezeln zu stoßen, so daß eine davon in meinen Korb fiel. Gerade wollte ich mich umdrehen und verschwinden, da fing hinter mir ein Geschrei an, daß ich erschrokken stehenblieb.

Der Verkäufer hatte es gemerkt! Er schrie und lärmte, als ob ich seine Geldkassette gestohlen hätte. Dabei zeigte er mit dem Finger auf mich, daß sich die Leute nach mir umdrehten und ihren Kommentar dazu abgaben. Sie sagten bestimmt nichts Nettes. Zum Glück verstand ich kein Wort. Sollte ich jetzt noch blitzschnell weglaufen oder lieber so tun, als wäre es ein Versehen gewesen?

Mit Amandus auf dem Arm hätte ich wohl nicht fix genug verschwinden können. Also holte ich die Brezel aus dem Korb, setzte mein liebenswürdigstes

Lächeln auf und gab sie dem Alten zurück. Aber er zeterte immer noch weiter. Da drehte ich mich ganz gelassen um und schritt hocherhobenen Hauptes wie so eine Königin davon.

Innerlich tobte ich: So ein Mist, verdammter! Mußte der Kerl das merken und dann so ein irres Geschrei anstimmen wegen nichts! Wegen so einer lumpigen Brezel! Davon hat er doch noch hundert Stück. Aber das reicht ihm wohl nicht, diesem blöden Geizhals. Na, ich hatte eine irre Wut, die mußte ich erst einmal mit Wasser löschen. Ich steuerte auf einen Brunnen zu und hielt meinen Kopf darunter. Dann gab ich Amandus zu trinken. Er schleckte gierig drauflos, der Arme.

Ich brach mir nun auch ein Stückchen von dem Brot ab und kaute zwanzigmal darauf herum, ehe ich es hinunterschluckte. (Das soll satt machen, habe ich gehört.) Aber ich war immer noch hungrig. Trotzdem verwahrte ich den Rest im Korb. Und dabei entdeckte ich ganz unten eine Tafel Schokolade! Das war Mam gewesen, wer sonst? Sicher hatte sie jedem von uns als Überraschung eine Tafel zugesteckt, obwohl noch gar nicht Ostern war.

»Guck mal, Amandus, Schokolade!« rief ich. »Haben wir nicht die beste Mam von allen?«

Jetzt aßen wir drauflos, immer abwechselnd, bis die ganze Tafel weg war. Da fühlte ich mich schon viel besser.

Wo ich nun schon einmal so dicht vor dem Markusdom stand, wollte ich ihn auch von innen sehen. Außerdem könnte ich den heiligen Markus gleich noch bitten, uns in Venedig nicht ganz verlorengehen zu lassen, dachte ich. Ich stieg die Stufen hoch und wollte in der großen, dunklen Halle nach vorn zum Altar gehen, als ich am Arm gepackt wurde. Ein Wärter flüsterte mir unverständliche Worte zu, zeigte dauernd auf meinen Hund und wies nach draußen. Das fand ich nicht nett, und ich sagte ihm das auch laut und deutlich. Aber er verstand wohl kein Deutsch.

»Pssssst!« machte er nur und legte den Finger an den Mund. Dabei schaute er sich ängstlich um. Aber die anderen Touristen im Dom waren auch nicht gerade sehr leise. Nur die großen Engel und die Heiligen starrten schweigend von der goldenen Kuppel auf uns herab. Sie sahen streng aus und vornehm.

Schließlich wurde der Wärter ungeduldig, als ich nicht von allein hinausgehen wollte, und schob mich gewaltsam vor sich her auf die Türe zu. Ich drückte zurück. Aber leider hatte er mehr Kraft als ich. Sind alle Leute in Venedig so unfreundlich? dachte ich. Ist das denn schlimm, wenn ich meinem Dackel diesen tollen Dom zeige? Gott oder den heiligen Markus stört das sicher nicht, nur diesen doofen Wärter. Ich nahm mir vor, es nachher durch eine andere Tür noch einmal zu versuchen.

Draußen blendete die Sonne. Ich wußte nicht so recht, was ich tun sollte, und fragte Amandus, aber der wußte es auch nicht. Vielleicht taten ihm schon die Pfoten weh vom vielen Laufen, so wie mir meine Füße. Also suchten wir uns einen angenehmen Platz auf den Stufen und ruhten uns ein bißchen aus.

Ich lehnte mich mit dem Rücken an eine Säule und beobachtete die Tauben und die vielen Leute, die hinein- und heraus- und herum- und vorbeigingen. Niemand beachtete uns. Keinen Menschen interessierte es, daß wir verlorengegangen sind, daß wir überall weggejagt oder aus geschimpft werden, daß wir kaum noch etwas zu essen haben und nicht weiterwissen.

Mir wurde ganz traurig zumute so allein mit meinem Hundchen vor dem Markusdom. Ich zog mein Geheiinbuch aus dem Korb und schrieb ein Gedicht hinein. Es heißt:

Verloren in Venedig
Ich und mein Hund, wir sitzen hier
verloren vor der Kirchentür.
Aus dem Dom hat man uns raus geschmissen,
die Lage ist echt ganz be . . .
Ich sorge mich vor allen Dingen,
wo werden wir die Nacht verbringen?
In 'ner Gondel auf dem Kanal?

Oder im Waffenarsenal?
Keine Häuser stehen offen.
Alle Türen sind verschlossen,
sind verrammelt mit Riegel und Brett.
Wo finden wir nur ein warm es Bett?
Die Eltern werden sich sorgen, uns suchen,
nur nicht hier auf den Kirchenstufen.
Da sitzen wir, blicken ins Menschengewimmel,
hören ringsum das Glockengebimmel.
Was hilft's, durch ganz Venedig zu laufen?
Wir können uns ja doch nichts kaufen.
Hab' keine Lire in der Tasche,
nur im Korb noch 'ne halbleere Flasche.
So teilen wir uns in der Not
den letzten Bissen vom Frühstücksbrot.
Ich ein Stück und du ein Stück...
Vielleicht haben wir doch noch Glück
und mir fällt Tante Marias Nachname ein.
Nur dann trau' ich mich zur Polizei hinein.
Wie heißt das doch nur auf italienisch?
Pistole, Schießgewehr oder so ähnlich?
Da sitze ich, ich armes Schwein,
und bin mit meinem Hund allein.
Wer läßt uns in sein Haus hinein?
Wer will mal ein christlicher Mitmensch sein?

Den Rest habe ich später dazugedichtet:

Da ist mir ein Gedanke gekommen.
Ich habe meinen Hund genommen
und ihn in meinem Korb versteckt
und den Parka drübergedeckt.
Dann bin ich mit 'ner Truppe Touristen
in den Dogenpalast mit eingeschlichen.

Und was ich da erlebt habe, reimt sich nicht zusammen. Das ist kein Gedicht mehr, das ist ein Abenteuer. Ich will es erzählen.

Achtes Kapitel

Wie ich mich mit meinem Dackel in den Dogenpalast eingeschlichen habe. Was es dort alles zu sehen gibt. Wir verstecken uns in einer Truhe und schlafen auf dem Thronsessel des Dogen. Ein schrecklicher Traum und ein schreckliches Erwachen.

Zunächst beobachtete ich die Leute, die einzeln oder in Gruppen auf den Dogenpalast zugingen. Ich wollte abwarten, bis eine geschlossene Reisegesellschaft kam, der ich mich unbemerkt anschließen konnte, denn ich hatte ja kein Geld für eine Eintrittskarte.

Je mehr Leute, desto besser, dachte ich, damit der Wärter gar nicht erst zählt.

Nach einer Weile zog eine Gruppe von Frauen und Kindern vorbei, die alle englisch sprachen. Ich wanderte mit ihnen auf die Kasse zu. Vielleicht waren es Amerikanerinnen, so komisch, wie die aussahen! Da waren dicke Tanten dabei, mit grellen Blümchenkleidern und kuriosen Hüten auf dem Kopf, und spindeldürre Damen in weißen Jeans und duften langen Blusen, die ihnen schlabbrig um die Hüften hingen. Viele trugen große, fast schwarze Sonnenbrillen, die sie auch drinnen nicht abnahmen. Die Kinder sahen aber normal aus, mit Jeans und Turnschuhen. Okay, dachte ich, die Truppe ist gerade richtig für mich, hier fällt es vielleicht nicht auf, wenn ich mich daruntermenge.

Es ging leichter, als ich dachte, ohne Bezahlung mit durchzuschlüpfen, denn der Reiseleiter löste eine Gruppenkarte, für alle zusammen. Wie das Hühnervolk dem Hahn, so lief die Gesellschaft nun schwatzend und gackernd ihrem Anführer nach, der quer über den Innenhof einem Seiteneingang des Palastes zusteuerte. Bevor ich nachfolgte, gab ich meinem Dackel schnell noch ein paar Verhaltensregeln in den Korb hinein. Ich hatte ihn mit meinem Parka zugedeckt.

»Amandus, du darfst uns nicht verraten. Bloß nicht bellen und nicht fiepen! Hörst du? Du mußt mir beim Dogen von Venedig, beim heiligen Markus und bei einer fetten Wurst zu Ostern versprechen, ja keinen Mucks von dir zu geben!«

Bei »Wurst« leckte er sich das Maul. (Ich glaube, er hatte verstanden, worum es ging, der kluge Hund. Wir mußten uns doch für die Nacht ein Dach über dem Kopf besorgen.)

Ich mußte mich beeilen, denn meine Gruppe verschwand schon im Eingang. Das war vielleicht ein vornehmer Hausflur! Riesengroß und mit lauter Figuren von Männern und Frauen an den Seiten, alle nackig, mit Bildern in Goldrahmen, mit Säulen und Schnörkeln aus Gips und Gold. Sogar die Fensterscheiben waren noch bunt bemalt. Aber im ersten Saal kam ich erst recht nicht mehr aus dem Staunen heraus. So eine Pracht, dachte ich, das ist ja noch schöner als in den Schlössern, die ich bisher in Deutschland gesehen hatte. Und jeder Raum, der folgte, war immer noch kostbarer ausgestattet, mit Kronleuchtern und Figuren und überall große Gemälde! Auch von der Decke hingen welche herab: Madonnen, Engel, Fürsten, Hunde und Richter in vergoldeten Schnörkelrahmen. Wenn die nur nicht runterfallen, dachte ich, die müssen doch irre schwer sein.

Von all dem Prunk wurde mir ganz schwindelig. Zum Glück blieb die Reisegesellschaft manchmal stehen, wenn ihr Anführer etwas erklärte. Ich verstand kein Wort davon, obwohl ich nun schon ein halbes Jahr Englisch lerne. Aber in der Zeit konnte ich immerhin einmal ausruhen und den Korb mit meinem Dackel abstellen. Stühle gab es ja nicht, auch sonst kaum ein Möbelstück. Also ließ ich mich auf dem Parkettboden nieder.

Von dort aus wirkte alles noch riesiger. Und von oben schaute eine Reihe ernster, alter Männer auf mich herunter. Wahrscheinlich die Dogen, so vornehm gekleidet. Die meisten hatten einen weißen Bart und eine Art Helm mit Goldrand auf dem Kopf. Einer guckte besonders streng, fast böse zu mir hin.

Amandus fiepte plötzlich. Sicher wollte er auch etwas sehen. Und da die Luft rein schien, denn die anderen starrten gerade an die Decke, lüftete ich den Parka ein bißchen.

»Aber sei still«, flüsterte ich, »damit wir nicht auffallen. Dann können wir vielleicht hier übernachten.«

Als der Reiseleiter mit seiner Rede fertig war, duckte ich Amandus in den Korb zurück und deckte ihn zu. Er ließ es mit sich geschehen. Ein richtig treuer Freund, dachte ich. Ein Glück, daß er bei mir ist.

Beim Weitergehen überlegte ich, wo wir uns nachher verstecken könnten. Die bisherigen Räume waren ja fast leer gewesen. Na, es ist noch nicht aller Tage Abend. Kommt Zeit, kommt Rat. Ein blindes Huhn findet auch ein Korn. Der Mensch denkt, und Gott lenkt. Vielleicht lenkt er mich doch noch zu einem Kleiderschrank, in den ich mit meinem Hund hineinpasse, dachte ich.

Als die Amerikanertruppe wieder einmal stehenblieb, schaute ich mir ein Gemälde an, das ausnahmsweise nicht an der Wand oder oben an der Decke hing, sondern frei im Raum auf einer Staffelei stand. Da ruhte also rechts im Bild eine schöne dicke

Frau in einem weißgoldenen Gewand und mit einer Krone auf dem Kopf. Es sollte wohl eine Königin sein, weil sie auch ein Zepter hielt. Sie stützte sich mit einem Arm auf den Kopf eines Löwen. (Der Löwe – das Symbol von Venedig!) Mit dem anderen Arm wies sie an einem wilden, halbnackten Mann vorbei, der sie sehnsüchtig anschaute und gar nicht merkte, wie ihm dabei Geld, Gold und Schmuck aus einer Tüte rollte, die er hielt. Und alles kullerte der schönen Frau direkt vor die Füße.

Wenn ich davon nur etwas hätte, dachte ich, ein paar Lire wenigstens. Dann brauchte ich hier nicht heimlich zu übernachten, sondern ich könnte mit Amandus einfach in ein Hotel marschieren. So aber – es wäre doch gelacht, wenn wir in diesem Riesenpalast nicht irgendwo ein Eckchen für uns fänden. Ich beschloß, mich nicht mehr von den komischen Bildern ringsum ablenken zu lassen, sondern eine günstige Gelegenheit abzupassen.

Nur was dieses Bild von der Königin und dem wilden Mann bedeutete, wollte ich noch gerne wissen. Wem wurde da bloß soviel Gold vor die Füße geschüttet? Auf dem Schildchen stand es natürlich wieder auf italienisch, aber ich verstand doch, daß es Venedig und Neptun sein sollten. Jetzt erkannte ich auch den Dreizack von dem halbnackten Mann, der also der Gott des Meeres war und seine Reichtümer ausgoß. Und Venedig, diese reiche, mächtige

Stadt› war die schöne Dame mit der Krone. (Wie soll man auch von allein darauf kommen!)

Vor dem nächsten Saal stand ein Wärter an der Tür. Er sah mich ziemlich mißtrauisch an, wie ich mit meinem Korb eilig hinter meiner Gruppe hermarschierte. Aber Amandus war still zum Glück. Ich mengte mich unter die anderen und tat, als interessierte ich mich für das riesenhafte Schlachtengemälde, das sich die ganze Wand entlangzog, damit auch die vielen Schiffe Platz hatten. Denn es war eine Seeschlacht mit einem Gewimmel von Soldaten und vielen Leichen, die ins Meer purzelten, unzähligen Masten, Fähnchen, Rudern, Schießgewehren und Kanonen. Das wäre etwas für Martin, dachte ich. Oben auf den Wolken schwebte auch noch eine Menge Engel, die Musik machten. Unten Kriegslärm, oben himmlische Musik. Und über allem wachte der heilige Markus, wieder als Löwe, und schaute beim Kampf zu.

Ich schaute lieber aus einem der offenen Fenster hinaus. Da erkannte ich die schöne Insel wieder, die dem Kai San Marco gegenüberlag. Die Abendsonne beschien die Lagune. Es sah alles so friedlich aus. Ich stellte den Korb auf das Fensterbrett und schob mich selber dicht daran, damit niemand merkte, wie ich Amandus auch diese schöne Aussicht zeigte.

»Pst«, flüsterte ich, damit er sich nicht muckste.

Danach ging es eine Treppe hoch in einen schmalen, langen Raum, wo ringsum Landkarten hingen. Am schönsten fand ich zwei Globusse, die rechts und links standen. Die waren größer als ich selber. Als ich nur ein bißchen daran herumdrehte, kam gleich wieder ein Wärter angerannt. Ich verdrückte mich zwischen die Leute.

Aus der Rede des Reiseleiters hörte ich jetzt oft das Wort »Doge« heraus. Und richtig, da kamen wir auch schon in die Privatgemächer der Herrscher von Venedig. Da gab es endlich einmal ein paar Schränke und Truhen. Jetzt hieß es: aufpassen! Ich blieb ein bißchen hinter der Gruppe zurück und probierte heimlich an den Schranktüren herum. Natürlich nur, wenn kein Wärter in Sicht war. Leider alles verschlossen. Aber ich gab die Hoffnung nicht auf, so schnell noch nicht!

Im Schlafzimmer des Dogen stand ein schlichtes hölzernes Himmelbett. Zwar mit einem Baldachin, aber ohne Vorhang, ohne Kissen.

»Ziemlich hart zum Schlafen, nicht, Amandus?«

Eine Frau drehte sich erschrocken zu mir um. Schnell tat ich so, als suchte ich meine deutsche Reisetruppe und lief weiter in den nächsten Raum. Er war ganz leer. Keine Leute, kein Wärter zu sehen. Aber eine große Truhe stand an der hinteren Wand. Und der Deckel ließ sich anheben! Wenn er auch mächtig schwer war.

Das war unsere große Chance! Meine Armbanduhr zeigte halb sechs. Bald würden sie den Palast schließen. Kurz entschlossen stemmte ich den Deckel hoch, stellte den Korb mit Amandus auf den Truhenboden und kletterte nach. Den Deckel nur nicht zukrachen lassen! Ich hielt ihn mit Kopf und Schultern und ließ mich langsam nach unten sacken.

Natürlich mußte ein Spalt offenbleiben, damit wir genug Luft bekamen. Auf keinen Fall konnte ich den Deckel so lange halten; er war zu schwer. Also schob ich mein Ausweistäschchen zwischen Deckel und Truhenkante – da hörte ich schon die ersten Schritte.

Diesmal drückte ich Amandus die Schnauze zu, mit beiden Händen, kuschelte mich aber fest an ihn, damit er nicht erschrak. Er hielt auch tapfer still, bis alle Leute durchgegangen waren und wieder Ruhe eintrat. Trotzdem rührten wir uns nicht in unserer Kiste. Es war auch kaum möglich, so eng war sie. Allmählich taten mir meine Knochen weh, und ganz schlimm wurde es, als mein rechtes Bein einschlief. Es zwickte und zwackte und kitzelte und zog darin, daß ich am liebsten schreiend herumgehopst wäre.

Na, irgendwie verging die Zeit. Immer wieder mußte ich angestrengt auf Schritte lauschen, immer wieder fing ich vor Angst an zu schwitzen, wenn Leute ganz dicht an mir vorbeigingen.

Wie gut, daß Amandus auf meinem Schoß eingeschlafen war, da brauchte ich mich seinetwegen nicht zu sorgen.

Nach einer Ewigkeit hörte ich von fern eine Glocke schellen. Draußen war es ganz ruhig geworden. Trotzdem wagte ich mich noch nicht aus der Truhe hinaus. Das war mein Glück, denn plötzlich kamen wieder schlurfende Schritte näher. Wahrscheinlich der Wärter! Er ging vorüber, ohne uns zu bemerken. Endlich das Geräusch von klimpernden Schlüsseln, weit weg! Knirschend drehten sie sich im Schloß.

Ich wartete noch, bis die Kirchenglocken sechs Uhr schlugen. Bei diesem Lärm riskierte ich es, aus der Truhe hinauszuklettern. Dabei mußte ich Amandus aufwecken, der gleich unwillig kläffte. Aber bei dem Glockengeläut schadete das wohl nichts.

Ich hatte es geschafft! Und obwohl mein Rücken weh tat und das Bein zuckte und ziepte, nahm ich meinen Hund auf den Arm und tanzte mit ihm wild durch das Dogenschlafzimmer und in den nächsten Raum hinein und in den übernächsten, bis ich vor der verschlossenen Tür außer Atem haltmachte.

Amandus sprang auf den Boden hinunter und schüttelte sich erst einmal, daß die Staubflocken in der Abendsonne golden aufwirbelten. Tatsächlich war es in der Truhe ziemlich schmutzig gewesen, ich wischte mir auch den Staub von den Sachen.

Ausgelassen hoppelte Amandus umher und sauste dann wie ein Verrückter durch die Säle. Er genoß es richtig, sich bewegen zu dürfen, und übertrieb es wieder einmal mächtig. Ich hatte meine liebe Mühe, ihn vom Bellen abzuhalten. Wußte ich, ob vielleicht noch ein Wärter durch irgendwelche Räume geisterte?

»Komm, wir suchen uns einen Schlafplatz«, schlug ich vor, um ihn abzulenken, »oder willst du etwa wieder in die Truhe zurück?«

»Wau!« protestierte er, »wau, wau!«

»Psssst!« machte ich, und er war sofort still.

Ganz manierlich trottete er neben mir zum Schlafzimmer des Dogen. Schade, daß dort nur das kahle Bettgestell stand. Dabei hatten die Dogen sicher ein gemütliches Bett mit seidenen Kissen und so gehabt, überlegte ich. Und wie ich noch beim Überlegen war, hatte Amandus schon am Bein des Himmelbettes einen See hinterlassen. Sollte ich ihn deswegen ausschimpfen? Er hätte ja sowieso nicht nach draußen gekonnt.

Mein Blick fiel auf die Fensterbank. Hinter dem Vorhang schimmerte dort etwas wie Silberpapier. Um nicht von draußen gesehen zu werden, schlich ich geduckt zum Fenster und zog dieses Etwas zu mir herunter. Es war eine angebrochene Schachtel Kekse! Irgendein Tourist mußte sie da liegengelassen haben.

»Amandus«, rief ich, »guck mal, unser Abendbrot!«

Er kam gleich herbeigesprungen, und ich verfütterte einen Keks nach dem anderen an ihn. Gierig verschlang er alles. Den letzten Keks genehmigte ich mir und kaute dreißigmal darauf herum, um ihn lange zu genießen. Wir hatten ja noch Cola in der Flasche, erinnerte ich mich. Die wollte ich für später aufheben. Ich klemmte mir den Korb unter den Arm.

Es dämmerte bereits, als wir noch einmal durch die Räume gingen. Ich merkte erst jetzt, daß im letzten Saal ein pompöser Thron stand, sicher der Thronsessel des Dogen höchstpersönlich. Und er war gepolstert! Sogar ein Seidenkissen lag unter der Plastikfolie, die das ganze kostbare Gestell zudeckte.

»Amandus!« rief ich, »ich sehe was, was du nicht siehst, und das ist... das ist... ein Bett für uns zwei!«

Mein Hund drehte sich dreimal um seine eigene Achse, weil er kein Bett entdecken konnte. Dann blieb er stehen und wedelte erwartungsvoll mit dem Schwanz. Ich zerrte schon an der Folie, die an den geschwungenen Beinen des Thronsessels festgebunden war, bis ich sie abgerissen hatte. Mein Dakkel war mit einem Satz oben. Mitten auf dem rosa Polsterkissen! Der Sessel war breit genug für uns beide. Ich holte noch meinen Korb, und wir tranken abwechselnd den Rest Cola aus der Flasche.

Dann machte ich es uns gemütlich auf dem Thron des Dogen. Das Kissen stopfte ich in die Ecke vom Sessel, ich setzte meinen Hund auf den Schoß, zog die Beine an und deckte uns beide mit meinem Parka zu. Amandus knurrte zufrieden und legte seinen Kopf auf meinen Arm. Ich streichelte ihn und gab ihm einen Gutenachtkuß. Aber ich konnte noch nicht so schnell einschlafen. Ich war viel zu aufgeregt.

Seltsam, dachte ich, von hier aus regierten die Dogen über die große Republik Venedig. Hier oben wohnten sie so vornehm, diese superreichen Männer. Und im selben Gebäude, unten in den Bleikammern, wurden ihre Gefangenen gequält, wie Paps uns erzählt hatte. Schade, daß ich in diesen Gefängnisverliesen noch nicht gewesen war. Nur die »Seufzerbrücke« hatte ich vom Kai aus gesehen. Da wurden die Häftlinge zur Hinrichtung hinübergeführt. Soviel Prunk und soviel Grausamkeit unter demselben Dach! Die Dogen hatten ja ihre Adligen schon einsperren lassen, wenn sie nur ein paarmal bei der Ratssitzung fehlten. Dabei hatten die doch nebenher noch ihre Handelsgeschäfte zu treiben.

In der Abenddämmerung erschienen mir die schwebenden Gestalten an der Decke über mir noch üppiger, ihre Gewänder noch verschwenderischer als am Tag. Lauter dicke, nackte Frauen. Wenn Mam so aussähe, würde sie sofort eine Abmagerungskur starten...

Ich wurde traurig, als ich an meine Familie dachte. Sicher hatten sie mich den ganzen Tag lang in der Stadt gesucht und saßen nun mit Tante Maria sorgenvoll um den Abendbrottisch herum. Wenn die wüßten, was für ein vornehmes Bett ich hatte! Da mußte ich schon wieder ein bißchen lachen. Wie die Zwillinge mich beneiden werden, wenn sie es erfahren, dachte ich.

Hinter dem Fenster leuchtete der Abendstern, und ich wurde ruhig. Bisher war ja alles gut verlaufen. Ich betete noch, daß sich meine Familie nicht so um mich sorgen sollte. Dann muß ich eingeschlafen sein, denn ich träumte ganz irre.

Der Doge, der mich aus dem einen Bild so drohend angestarrt hatte, wurde auf einmal lebendig. Er stieg aus dem Rahmen, kletterte von der Wand herab und kam geradewegs auf mich zu. Ich war furchtbar erschrocken, als er nun noch ein paar Soldaten aus den Gemälden heranwinkte, die ihre Spieße auf mich richteten und meinen Thron umringten.

»Ein Spion!« rief der Doge und zeigte auf mich. »Ein Spion! Nehmt ihn fest, den türkischen Jungen da! Er hat unsere Flotte verraten!«

Er hörte gar nicht zu, wie ich protestierte, ich bin doch

kein Spion und auch kein türkischer Junge, sondern ein Mädchen aus Deutschland. Und ich spioniere schon nicht, auch wenn ich auf seinem Thron liege . . .

»Er hat lange Hosen an, also ist er ein Junge! Nehmt ihn fest!« befahl der Doge seinen Soldaten. »Ab mit ihm in die Bleikammern! Morgen wird er gehenkt!«

Ich schrie und wehrte mich. Aber es half nichts, daß ich brüllte, ich bin doch die Katja Pfifferling und habe helles Haar, also kann ich gar kein Türke sein, und außerdem tragen bei uns alle Mädchen Jeans . . .

Ich wurde mit Handschellen gefesselt und abgeführt. Ich hörte noch, wie der Doge hinter mir herrief. »Verstellung! Alles Verstellung! Auch Türken sprechen deutsch!«

Und die Soldaten schrien: »Aufs Schafott mit ihm! Auf den Scheiterhaufen!«

Ich wurde viele Stufen hinabgestoßen, erhielt einen Tritt, daß mir das rechte Bein weh tat, und flog in ein dunkles Verlies hinein, das entsetzlich eng war. Dann wurde die schwere Tür zugeschlagen. Ich war gefangen. Umsonst schrie ich und tobte und rüttelte an der schweren Bleitür. Sie blieb verschlossen.

Als ich so ganz verzweifelt vor mich hin weinte, denn ich hatte nicht einmal meinen kleinen Hund bei mir, da geschah das Wunder: Ein Engel schwebte zu mir herunter! Er war ziemlich dick und hatte weite Gewänder an und sah im Gesicht aus wie der Engel aus Paps' Venedigbuch. Er hob segnend die Hand und sagte: »Friede sei mit dir, Markus!« Und an seiner Seite stand plötzlich ein Löwe.

Ich wollte gerade erklären, daß ich nicht der heilige Markus bin und auch kein türkischer Spion, sondern die Katja Rose, die in Venedig verlorengegangen und irrtümlich hier eingesperrt ist. Da öffnete sich die Tür vom Verlies ganz von selbst. Der Engel schwebte voran, der Löwe schritt hinterher. Und es kamen noch viele Engel angeflogen, die hatten nur Köpfe mit Flügeln und drängelten sich um meine Beine herum, daß ich aufpassen mußte, keinen zu treten. Aber ich konnte auf einmal auch fliegen, wenn ich Schwimmbewegungen machte. So schwamm ich alle Stufen wieder hoch, die sie mich vorher hinuntergestoßen hatten.

Ganz oben stand der Doge. Derselbe, der mich verurteilt hatte. Er guckte zwar noch immer drohend, winkte mich aber gleichzeitig zu sich und reichte mir einen Keks. Da lachten und schimpften dicke, nackte Frauen um mich herum ...

Als ich die Augen aufschlug, waren die Frauen gar nicht nackt. Wer da so laut um mich herum zeterte, das waren aufgeregte Putzfrauen! Mit viel Geschrei zogen sie mich vom Thron hinunter, ehe ich wußte, wie mir geschah. Verstanden hab' ich nichts, weil sie auf italienisch zeterten. Nur »Mama mia ... bambino«, hörte ich heraus.

Ich wollte ihnen ja alles erklären, aber sie ließen mich nicht zu Wort kommen. Da bellte auch noch mein verwirrter Hund dazwischen.

Schließlich zerrte mich so eine Matrone zur Tür. Ich konnte gerade noch schnell meinen Korb packen. Amandus sprang von selbst auf meinen Arm, da war er sicher. Die ganze Schar Frauen folgte nach.

Wieder ging es viele Treppen hinunter wie vorhin im Traum. Ein Wärter folgte, der auch ein Mordsspektakel machte. Unten an der Eingangstür diskutierten sie lange, während sie mich wie einen Verbrecher am Arm festhielten. Endlich hatten sie sich wohl geeinigt, denn die Putzfrauen kehrten bis auf eine um, und die schob mich, zusammen mit dem Wärter, quer über den Innenhof. Beide packten mich fest am Arm und schleppten mich über den ganzen großen Markusplatz und in eine Seitengasse hinein.

Aus ihrem Gerede hörte ich jetzt »Carabinieri« heraus. Richtig, das klang wie »Karabiner« und hieß auf deutsch »Polizei«. Wollten sie mich nun wirklich gefangensetzen wie in meinem Traum? Mir war scheußlich zumute. Amandus sah auch ängstlich zu mir hoch.

Neuntes Kapitel

Italienische Polizisten sind nett. Im Motorboot zur Großtante. Wie Martina beim fröhlichen Wiedersehen ins Wasser geplumpst ist. Die Farinis sind auch noch da. Warum die kleine Julia bei Tante Maria lebt. Martina hat eine Puppe und Martin eine Gondel – und was erbe ich? Eine Laute!

Auch auf der Polizeistation ließen mich meine beiden Wächter nicht los. Mit großem Palaver erklärten sie dort, wie und wo und wann sie mich aufgestöbert hatten. Und während sich die dicke Putzfrau und der dürre Wärter dauernd ins Wort fielen, schmunzelte der Wachtmeister hinter seinem Schreibtisch. Schließlich fing er sogar schallend an zu lachen und klopfte sich dabei auf die Schenkel. In Italien gibt es aber lustige Polizisten, dachte ich, denn auch die anderen Carabinieri, die neugierig hereinkamen, lachten mit.

Meine beiden Wächter waren wohl darüber erschrocken und ließen endlich meinen Arm los. Das nutzte ich gleich, um an den Schreibtisch vorzutreten.

»Darf ich auch mal was sagen?« fragte ich.

Langsam beruhigte sich das Lachen, und die Polizisten musterten mich neugierig, als ob ich ein Weltwunder wäre.

»Uno momento, uno momento!« winkte der Hauptkommissar.

Er wälzte sich hinter seinem Schreibtisch hervor und schüttelte mir plötzlich mit einem lauten »Buon giorno!« so wild beide Hände, daß Amandus hinunterkippte. Er bellte erschrocken, und die Männer lachten schon wieder. Dann steuerte der Kommissar auf eine Tür zu, riß sie auf und winkte einen anderen Polizisten herbei.

»Do you speak english?« fragte mich der, und ich erwiderte: »Yes, but not very good.«

Das klang bescheiden, aber es stimmte, denn mein Abenteuer konnte ich unmöglich auf englisch erklären.

»Und ick nich spräcken very good deutsch«, sagte er, »aber ick verstähen eine bißchen deutsch. Du spräcken!«

Also fing ich an zu erzählen, und alle hörten aufmerksam zu, auch die, die nicht deutsch konnten. Zum Schluß fiel mir noch mein Ausweis ein, den ich zum Glück wieder in meinen Korb gelegt hatte, als ich aus der Truhe heraus gestiegen war. »Ah, si' si, bene, bene!« rief der Kommissar und riß mir den Ausweis gleich aus der Hand. Es folgte ein italienischer Wortschwall, worauf der Polizeichef wild in seinen Akten auf dem Schreibtisch blätterte. Gleichzeitig gab er der Putzfrau und dem Wärter zu verstehen, daß sie verschwinden sollten. In einem fort redend, suchte er dann hastig eine Nummer im Telefonbuch. Und während sich die anderen Polizisten einer nach dem anderen wieder verzogen, sprudelte er italienisch in den Hörer hinein. Dabei bekam ich nur einen Namen mit, und das genügte mir: Maria Stradiavella! Meine Großtante!

Wie hatte der Polizist das so schnell herausgefunden? Egal, ich war überglücklich und hob gleich meinen Hund auf den Arm, küßte ihn und rief: »Amandus, alles wird gut! Sie haben sie gefunden! Diese netten Polizisten!«

Mein Hund verstand nicht ganz, aber er leckte mir dankbar über das Gesicht.

Von einem freundlichen Carabiniere, der aus dem Nebenraum kam, wurde mir eine kleine Tasse Kaffee zugeschoben. Es war schwarzer, süßer Mokka. Ich trank ihn in einem Zuge leer. Das war vielleicht ein starkes Gesöff. Mir wurde zuerst ganz schwindelig, und die beiden Polizisten lachten. Aber dann fühlte ich mich gut, so wach und unternehmungslustig, daß ich gern dem Kommissar folgte, der mich mit meinem Dackel durch einen Hinterausgang führte, wo ein Motorboot im Wasser lag.

Sobald wir drin saßen, stob das Boot aufheulend

und schnaubend davon. Die Fahrt ging durch ein paar Kanäle, unter kleinen Brücken hindurch, um andere Boote und Gondeln herum, bis der Polizist vor einem schmalen, hohen Haus anhielt und ordentlich auf die Hupe drückte. Während er sich noch abmühte, das Boot zu wenden, um nahe an den Pfosten neben der Haustür zu gelangen, flog sie schon auf, und meine ganze liebe Familie erschien!

»Hier bin ich!« schrie ich und fuchtelte mit den Armen.

Da riefen sie, lachten, weinten und winkten durcheinander. Martin neben der dicken Tante Maria auf der untersten Stufe, Mam und Paps dahinter. Mam wischte sich dauernd die Augen mit einem Taschentuch, und bei Paps thronte ein schwarzlockiges Italienerkind auf den Schultern. Dann waren da noch zwei alte Leute, die ich nicht kannte. Auf einmal gab es ein Gedränge: Martina stupste Mam und den Martin beiseite und stürzte hervor. Mit ausgebreiteten Armen wollte sie auf mich zu und... plumpste ins Wasser! Das war eine Aufregung! Prustend ruderte sie auf unser Boot zu. Der Polizist reichte ihr den Arm und zog sie zu uns herauf. Inzwischen war Amandus auch ins Wasser gesprungen. (Sicher, um Martina zu retten.) Nun schwamm er wild im Kanal umher und suchte uns. Was für ein Durcheinander! Martina gab mir einen feuchten Kuß und drückte mich so stürmisch, daß ich auch ganz naß wurde. Ich rief dauernd nach meinem Hund. Der war aber schon zur Treppe geschwommen, wo Mam ihn herauszog.

Inzwischen hatte der Polizist ein Brett zur untersten Stufe hinübergelegt, und wir konnten aussteigen. Alle drängelten sich um mich und umarmten und küßten mich, lachten und weinten, gerade wie ihnen zumute war. In dem Trubel wurde ich ganz verwirrt und mußte plötzlich auch losheulen vor lauter Freude. (Das passiert mir immer so.)

Die ganze Schar begleitete mich dann durch den dunklen Hausflur in ein gemütliches Wohnzimmer hinein. Da standen niedliche Sessel mit richtig krummen Dackelbeinen zwischen kleinen, hohen Tischen, von denen Spitzendecken herabhingen. Auf einer Vitrine sah ich eine Menge Porzellanfiguren aufgereiht. Darüber hingen vergilbte Fotos in schnörkeligen Bilderrahmen aus Gold und Silber. Aber ich hatte keine Zeit, alles in Ruhe zu betrachten, denn ich sollte mich auf ein kleines Sofa setzen und erzählen.

Die pitschnasse Martina wollte unbedingt dabeisein, um ja nichts zu verpassen. Da zog ihr Mam eben hier die Sachen vom Leib, wobei auf dem guten Teppich eine Pfütze entstand. Aber das schien der Tante Maria nichts auszumachen. Das kleine Italienermädchen krabbelte auf allen vieren zu mir hin und streichelte meinen Hund. Die anderen setzten sich im Kreis um mich herum, nur Martin hockte sich auf den Boden. Aber bevor ich anfing, reichte ich Martina erst noch meinen Parka, damit sie nicht frieren mußte.

Dann staunten alle über meine Erlebnisse, vor allem, daß ich mich im Dogenpalast hatte einschließen lassen. Die Zwillinge beneideten mich maßlos und wollten sich für die nächste Nacht auch in den Dogenpalast einschleichen. Von den anderen erfuhr ich, daß sie mich lange gesucht hatten und kreuz und quer durch Venedig gelaufen waren. Der Irrtum war entstanden, weil es tatsächlich zwei Haltestellen »San Marco« gibt. Ich muß wohl an der zweiten aus gestiegen sein. Natürlich war Tante Maria gleich dorthin gelaufen, aber sie hatte mich nirgends entdeckt.

»Da war ich wohl gerade bei den Malern«, rief ich. »Aber als ich zurückkam, war keiner von euch da.«

»Gott sei Dank haben wir dich wieder«, seufzte Mam. »Wir hatten eine Vermißtenmeldung an die Polizei durchgegeben, als wir dich nicht fanden.« (Daher also wußte der Kommissar gleich Bescheid, als er meinen Kinderausweis sah.)

»Nett von ihm, daß er mich gleich persönlich zu dir gebracht hat, Tante Maria«, sagte ich. »Ist die italienische Polizei immer so freundlich?«

Da lachte die Großtante und erklärte, daß die Polizei sie ja gut kenne und ihr auch ein bißchen zu

Dank verpflichtet sei. Weil sie nämlich einmal einen Räuber überführen half, als er sich mit einem dummen Trick an die Ladenkasse herangemacht hatte.

Martin sperrte den Mund auf vor Staunen.

»Wie war das, erzähl doch!« rief er.

»Da gibt es nicht viel zu erzählen«, meinte Tante Maria. »Ich hatte vorher schon bemerkt, daß er immer in der Nähe des Schaufensters herumschlich und offensichtlich abwartete, bis kein Kunde mehr im Laden war. Dann ließ er sich verschiedene Dinge zeigen und schickte mich unter einem dummen Vorwand ins Nebenzimmer. Ich glaube, ich sollte ihm einen türkischen Säbel erst mit Rostentferner sauber putzen, damit er ungestört die Ladenkasse leeren konnte. Ich habe ihn aber dabei beobachtet und gleich die Polizei angerufen. Danach ging ich in den Laden zurück und hielt ihn mit einem Trick fest, bis die Polizei eintraf.«

»Mit was für einem Trick?« wollte Martin wissen.

»Ich habe ihm eine spannende Geschichte von der Herkunft dieses Dolches erzählt, die habe ich schnell erfunden.«

»Erzähl mal!« rief Martina.

»Später, wir haben ja noch viel Zeit. Erst mal wollen wir deine nassen Sachen zum Trocknen aufhängen und alle frühstücken, der Kaffee wird sonst kalt.«

Mir fiel die Stola für Tante Maria ein. Die wollte

ich ihr jetzt gleich schenken. Mam mußte sie schnell aus dem Koffer holen.

»Ich habe dir was gehäkelt, Tante Maria. Hoffentlich gefällt es dir«, sagte ich und hängte ihr die Stola gleich um die Schultern. Die Großtante setzte erstaunt die Kaffeekanne ab und sah sich meine Handarbeit gründlich an.

»Die ist aber schön«, rief sie und gab mir einen Kuß. »Was für eine Riesenarbeit hast du dir gemacht, Katja! Wie lieb von dir!«

Tatsächlich war die Stola ziemlich riesig geraten. Sie hing der kleinen Tante fast bis zu den Füßen hinab. Auf der einen Seite zerrte das Italienerkind an den Fransen, auf der anderen hatte sich Amandus schon in der Wolle verbissen. Und keiner wollte freiwillig loslassen. Es war nicht einfach, die Stola ohne Risse und Löcher frei zu bekommen. Schließlich schaffte es Signora Farini (das ist Tante Marias Schwägerin), meinen Hund mit einer Scheibe Salami abzulenken. Die Stola wurde erst einmal auf einer Kommode in Sicherheit gebracht.

Beim Frühstück erfuhr ich, daß Signora Farini und ihr Mann, der Signor Farini, nur italienisch sprachen. Sie wohnten auch in Venedig und waren hergekommen, um Paps und Mam beim Einkauf und Tante Maria beim Kochen zu helfen, weil sie sich ja noch um Julia kümmern mußte.

Tante Maria hatte ja schon von der Kleinen geschrieben. Aber Paps erzählte noch, daß Julias Eltern vor einem halben Jahr tödlich verunglückt waren und sie seitdem bei der Großtante lebt. Es wurde ganz still am Frühstückstisch, trotz der vielen Leute. Nur Julia, die immer hinter meinem Amandus herkroch, krähte fröhlich.

Plötzlich legte Martina den Arm um Paps' Hals, schaute zu Mam hinüber und bettelte: »Können wir das Julchen nicht mit zu uns nehmen? Sie ist doch hier so alleine, nur mit der Tante. Bitte, Mam, Paps, bitte! Ich habe mir doch schon immer eine kleine Schwester gewünscht und nie eine gekriegt. Nicht mal eine Katze. Aber Julia ist mir tausendmal lieber als eine Katze, wirklich!«

Unsere Eltern sahen sich an. Mam war ganz verlegen und schwieg.

Paps sagte: »Martina, wir wissen doch gar nicht, ob Tante Maria das Julchen überhaupt hergeben würde. Und so eine wichtige Entscheidung will auch reiflich überlegt sein.«

Tante Maria räusperte sich. »Natürlich habe ich das Julchen lieb. Es ist so eine süße Kleine. Aber der Laden und das Kind – das ist eigentlich zuviel für eine alte Frau wie mich. Manchmal weiß ich nicht, wie es weitergehen soll.« Sie seufzte tief. »Wenn ich mal nicht mehr kann, dann... dann... es gibt ja auch Heime.«

Dabei schneuzte sie sich (ich glaube, sie weinte

ein bißchen), erhob sich aber sofort, um uns Kindern Kakao nachzuschütten. Julia hatte sich am Tisch hochgezogen und warf ihre Tasse um. Lachend patschte sie in die Kakaopfütze.

Nach dem Frühstück zog mich Martina vom Stuhl und schob mich nach nebenan.

»Guck mal, was ich gekriegt habe!«

»Wieso gekriegt? Von wem?«

»Na, von Tante Maria, als Erbe«, sagte Martina und zerrte eine riesige Puppe von der Vitrine herab. Die war fast so groß wie Martina selber, hatte schwarze Zöpfe und einen Hut mit lila Samtbändern dran. Auch an dem weißen Spitzenkleid waren lauter lila Schleifen.

»Nicht schlecht«, meinte ich. »Und was hat Martin bekommen?«

»Eine Gondel«, erzählte Martina.

»Was? Eine echte Gondel?« (Dann kann er ja wirklich auf unseren Fischteichen spazierenfahren!)

»Bist du dooof«, sagte Martina, »doch keine echte!«

»Selber doof«, gab ich zurück. (Mit Martina muß man einfach zanken, auch in Venedig.)

»Du kriegst auch was Schönes«, sagte sie jetzt. »Du kannst dir was aus dem Laden aussuchen.«

»Hat Tante Maria das gesagt?« fragte ich, denn manchmal spinnt Martina.

»Ehrenwort«, sagte sie.

Am liebsten hätte ich mich gleich einmal in dem Laden umgeschaut. Ich lief zu Tante Maria, die in der Küche beschäftigt war, und fragte: »Kann ich was helfen?«

Aber ich sollte nicht helfen, sondern mich erst einmal schön ausruhen von den Strapazen der Nacht, meinte sie. Ich hatte im Thronsessel vom Dogen zwar keine Strapazen erlebt, aber wenn ich nicht zu helfen brauchte – auch gut.

Während Martin seine goldene Gondel in Tante Marias Zinkbadewanne schwimmen ließ, spielten Martina und ich mit Julchen Fangen. Die beiden alten Tanten und Mam setzten sich etwas später mit einer Handarbeit in diese hübschen Sessel im Wohnzimmer und guckten zu, wie die Kleine laut jauchzend hinter uns beiden herwatschelte, dabei dauernd auf den Podex plumpste, bis sie schließlich am Boden blieb und krabbelte. Blitzschnell robbte sie hinter Martina her, erwischte ihr Bein und biß zu. Erschrocken schrie Martina auf und zog das Bein weg, da schlug Julia mit dem Kopf auf den Boden. Sie stimmte ein fürchterliches Geschrei an.

Mam war gleich bei ihr und hob sie auf. Tröstend wischte sie der Kleinen die Tränen ab und putzte ihr die Nase. Das hatte Julia aber gar nicht gern, und sie strampelte wie wild. Plötzlich hatte sie aber Mams

Kette am Hals entdeckt. Sie hörte auf zu weinen und spielte mit den Perlen, zog daran und probierte auch, ob sie schmeckten. Dann guckte sie Mam groß an und sagte: »Mama«, und dann noch einmal, ganz langgezogen: »Maaama!«

Mam war verwirrt, ich merkte das wohl. Sie strich sich eine Strähne aus der Stirn, und dann gab sie Julchen einen Kuß auf die Nasenspitze.

Tante Maria stand auf und sagte zu mir: »Ich habe dir noch gar nicht meinen Laden gezeigt, Katja, komm mit.«

Sie führte mich durch zwei Zimmer und über einen Gang in ihr Geschäft.

»Ich habe für eine Woche zugemacht«, erklärte sie. Das sah man auch an dem Gitter, das sie heruntergelassen hatte.

Was für tolle Sachen waren da auf Schränken und Truhen und auch auf dem Fußboden ausgebreitet! Glasfiguren und -gefäße, Porzellanfiguren, altmodische Ketten und Broschen und auch so verrostete Messer und Säbel wie der türkische, von dem Tante Maria erzählt hatte. An den Wänden hingen alte Musikinstrumente. Eine Laute fand ich besonders schön, die zeigte ich Tante Maria. Sie nahm das Instrument behutsam herab, blies den Staub vom Holz und klimperte ein bißchen darauf herum. Natürlich war die Laute verstimmt, aber sie klang gut, das hörte man.

»Ein schönes, altes Instrument«, erklärte die Tante, »aus dem 19. Jahrhundert, von einem berühmten Meister aus Florenz hergestellt.«

»Finde ich dufte«, sagte ich. »Ich wollte schon immer Gitarre lernen. Flöten kann ich ja schon, und die Zwillinge spielen Klavier. Manchmal spielen wir auch zusammen.«

»Dann seid ihr wohl musikalisch«, meinte Tante Maria und strich über die Saiten. Und auf einmal drückte sie mir die Laute in die Hand. »Ich schenke sie dir. Du bist ja schon ein vernünftiges Mädchen und wirst sicher sorgfältig damit umgehen.«

»Klasse!« rief ich und umarmte die liebe Tante und gab ihr einen Kuß. Ich war unheimlich froh.

Zum Mittagessen gab es eine Pizza mit Champignons und Salami, die hat echt lecker geschmeckt, besser als bei uns zu Hause, fand ich. Und nachmittags, als Julia und die alten Leute schliefen, habe ich in mein Geheimbuch geschrieben, was ich noch erlebt habe. Es war viel diesmal, alles habe ich nicht geschafft. Die Zwillinge haben mich auch dauernd gestört.

Später haben wir Ostereier bemalt, meine sind am schönsten geworden; aber eins ist dem Martin auch gut gelungen, das mit dem kleinen Osterhasen drauf. Martina hat immer nur Blüten gemalt, und immer dieselben.

Draußen hat es geregnet. Hoffentlich regnet es nicht übermorgen, dann ist nämlich schon Ostern.

Zehntes Kapitel

Wie Martin Schornsteinfeger spielen wollte. Ostern in Venedig. Eine Gondelfahrt und der Ausflug zu den Laguneninseln. Tante Maria erzählt eine erfundene und eine wahre Geschichte. Ein Unfall und seine Folgen. Julchen kommt mit uns nach Deutschland!

Ich bin noch immer ganz aufgeregt, und Martin war noch den ganzen Tag weiß wie Kreide im Gesicht. Beinahe wäre etwas Schreckliches passiert. Aber ich will der Reihe nach erzählen.

Am Samstag schickte uns die Großtante auf den Dachboden, weil viel zu tun war und wir aus dem Weg sein sollten. Wir durften da oben herumtoben und auch die alte Truhe durchstöbern. Amandus nahm ich mit, nur Klein-Julia sollte lieber bei den Tanten unten bleiben. Das fanden wir gut, denn wir hätten sonst dauernd auf sie aufpassen müssen, damit sie nicht die steile Treppe hinunterpurzelt.

Der Dachboden war herrlich. Nur ziemlich niedrig, so daß wir zuerst mit dem Kopf gegen die Balken stießen, bis wir im Dämmerlicht mehr erkennen konnten. Es lag auch viel Kram herum, über den wir dauernd stolperten. Weil es aber meistens Decken und Lumpen waren, fielen wir weich.

Durch die Ritzen zwischen den Dachziegeln und verklebten Luken fielen einzelne Sonnenstrahlen, da sahen wir erst, wie verstaubt alles war. Amandus fegte fröhlich bellend hin und her und verschwand schließlich in dicken Staubwolken in einer Ecke. Von den Geräuschen her vermutete ich, daß er an Kartons schnüffelte, Schachteln in Fetzen riß und in Lumpen herumwühlte.

Wir machten uns inzwischen über Tante Marias Truhe her. Es waren wirklich tolle Sachen darin. Bei jedem Spitzenhäubchen, jeder Perlentasche, jedem vergilbten Liebesbrief schrie Martina begeistert: »Guck mal, Katja, was ich gefunden habe... Katja, Mensch Katja, haste das gesehen...«

Das nervte ganz schön. Ich hatte ja selber genug tolle Sachen herausgezogen. Zum Beispiel einen kleinen Schnabelschuh. Ob der an den verkrüppelten Fuß von einer Chinesin gehörte, oder war es ein Puppenschuh? Auch sonst gab es noch eine Menge japanisches oder chinesisches Zeug: schön bemalte Porzellanvasen und Teller mit einer Weide, dem Mond und einer Dame mit Fächer drauf und chinesische Dschunken auf einer Bambusmatte. Dazu diese komischen Schriftzeichen, die kein Mensch kennt...

Amandus kam angehoppelt, schüttelte sich, daß der Staub mir ins Gesicht flog, und legte eine zerbissene Ledersohle vor meine Füße. Schon sauste er wieder davon. Schuhe sind nun einmal sein Lieblingsspielzeug. Ein Glück, daß er den niedlichen Schnabelschuh nicht bemerkt hatte. Ich legte ihn gleich wieder in die Kiste hinein. Da entdeckte ich ein altes Buch, das mit schnörkeliger Handschrift voll geschrieben war, in deutscher Sprache! Vielleicht ein Tagebuch? Es waren auch Zeichnungen dazwischen und ein paar gepreßte Blüten, die ganz verblaßt waren. Vielleicht das Tagebuch von der Großtante früher? Das hätte ich gern einmal gelesen. Ich glaube nicht, daß Tante Maria etwas dagegen hätte.

Die altmodische Schrift war nicht leicht zu entziffern. Gerade buchstabierte ich die ersten Worte zusammen, da hörte ich ein Winseln. Warum konnte Amandus mich nicht einmal in Ruhe lassen? Wahrscheinlich mußte er mal. Ich hatte aber keine Lust, jetzt hundert Stufen hinunter- und dann wieder hundert heraufzusteigen. Sollte Amandus doch einfach hier in eine Ecke pinkeln. Auf diesem verdreckten Dachboden würde das gar nicht auffallen. Amandus jaulte. Ich überlegte: Wenn ich mit ihm hinuntergehe, dann angelt sich Martina bestimmt meine schönsten Sachen aus der Truhe, oder Martin nimmt...

Erst jetzt fiel mir auf, daß Martin gar nicht dabeigewesen war, als wir die Truhe ausräumten. Ich stand schnell auf, um nach ihm zu gucken, da stieß ich natürlich wieder mit dem Kopf gegen einen Dachbalken. Amandus war nun richtig aufgeregt und sprang immer unter der Dachluke hoch, die offenstand. Ich ahnte etwas Fürchterliches.

»Martin!« rief ich und stürzte zu der Luke.

Ich hörte Martin wimmern und konnte nur seine Finger am Rand der Dachluke sehen.

»Martin!« schrie ich. »Halt dich fest, ich komme!«

Ich schob die Kiste unter das kleine Fenster und stieg darauf. Mir wurde ganz schwindelig, als ich sah, wie Martin auf dem Dach lag und mit den Füßen nach einem Halt suchte. Und tief unter ihm zog der Kanal entlang!

»Martin, nicht runtergucken. Ich helf' dir, warte!« Dabei wußte ich noch gar nicht, wie. Martina stand neben mir und schluchzte. Aber wir mußten Martin retten! Lange konnte er sich bestimmt nicht mehr festhalten.

»Martina, du hängst dich an meine Beine, verstanden? Ich versuche, Martin hochzuziehen, aber er darf mich nicht mit runterziehen!«

Martina nickte und packte meine Beine. Ich griff Martins Handgelenk, stützte mich gegen den Balken am Fenster ab und zog aus Leibeskräften. Aber so schaffte ich es noch nicht.

»Martina, halt fest!« brüllte ich und packte auch mit der anderen Hand zu. Martina hing wie ein Affe an meinen Beinen, das war gut. Ich merkte, wie Martin höher und höher kam. Als schon sein Kopf in der Luke erschien, ließ er mich los und stützte sich selber ab. Ich umschlang jetzt seinen Körper und zog ihn kopfüber herunter. Martina faßte schnell zu, sonst wäre er noch mit dem Kopf zuerst gefallen.

Dann lag er am Boden und heulte. Er schämte sich und rollte sich zur Seite. Nach der Aufregung mußte ich auch heulen und Martina sowieso. Bis wir über unser komisches Heulkonzert lachen mußten. Und Amandus leckte jedem von uns über das Gesicht.

»Mensch, wieso bist du bloß aus der Luke gestiegen? Bist du lebensmüde?« fragte ich.

»Nöö«, meinte Martin, »ich wollte nur mal Schornsteinfeger sein.« (So ist Martin!)

»Ich finde das mutig, da rauszusteigen«, sagte Martina, die immer alle verteidigen muß.

Aber ich sagte: »Das ist nicht mutig, das ist verrückt und dumm. Haste mal runtergeguckt, wie tief das ist?«

Als ich Martina ein bißchen hochhob, damit sie aus der Luke gucken konnte, erschrak sie dann doch.

»Ich finde, wir sollten denen unten nichts davon erzählen, was hier passiert ist«, schlug ich vor.

»Sonst gibt es nur noch Ärger, und alle regen sich auf, und wir dürfen nie mehr auf den Dachboden.«

Die Zwillinge versprachen dichtzuhalten.

War das ein schöner Ostersonntagsfrühstückstisch! Mit Tulpen und weißen Narzissen, Osterglocken und unseren bemalten Eiern und einer Riesentorte! Am schönsten aber fand ich das Osterlamm aus Kuchenteig, mit Puderzucker und einem Fähnchen im Rücken. Die Tischdecke war mit lauter Blumen und Küken bestickt, die hat Tante Maria selber gemacht. Sie zündete auch noch eine dicke, gelbe Kerze an, die duftete nach Honig. Dann sah sie uns alle fröhlich an, wie wir da so um den Tisch herum standen, und wünschte uns frohe Ostern.

»Frohe Ostern«, sagten wir auch und setzten uns.

Julchen rief immerzu weiter: »Ohe Otan, ohe Otan, ohe Otan...« und lachte dabei. Diesmal hockte sie in einem hohen Kinderstühlchen mit einer kleinen Tischplatte davor. Vielleicht, damit sie nicht wieder den Kakao über der schönen Tischdecke ausschüttet. Sie sah heute wie eine Puppe so niedlich aus in ihrem weißen Spitzenkleid. Die schwarzen Locken waren mit einer roten Schleife zusammengebunden, aber auch schon zum Teil wieder herausgerutscht. Und um ihren Hals hing eine dünne Kette mit einem kleinen Kreuz aus Gold.

Martina saß neben ihr. Eigentlich saß sie gar nicht,

sondern sprang dauernd auf und steckte ihr Kuchenstücke in den Mund. Julchen ließ sich auch geduldig vollstopfen. Aber sie vergaß wohl zu kauen und zu schlucken, denn plötzlich ließ sie alles wieder herausfallen.

»Laß mich mal machen, Kindchen«, sagte Tante Maria und hob Julia auf ihren Schoß.

»Nonna, Nonna!« rief die Kleine fröhlich.

»Warum sagt sie ›Nonne‹ zu dir?« fragte Martin.

»Nonna heißt Oma«, erklärte Tante Maria. »Ich bin zwar nicht ihre richtige Oma, aber sie mag mich so nennen, meine Schwester lebt ja nicht mehr.«

»Hat Julia sonst keine Verwandten mehr in Italien?« fragte ich.

»Da ist nur noch die Familie Grimaldi in Neapel, aber sie haben selber sieben Kinder, und der Vater arbeitet in einer Fabrik in Köln«, sagte die Tante, »sie wohnen auch sehr beengt. Da ist Julia bei mir besser aufgehoben.«

Wir saßen noch lange zusammen und erzählten von Deutschland und von zu Hause. Paps zündete sich seine Pfeife an. Es war richtig gemütlich.

Später durften wir unsere Nester suchen, wie zu Hause. Und dann sind wir alle zum Gottesdienst in den Markusdom gegangen, das Julchen auch. Ich sah nachher sogar Babys in der Kirche, es war auch ziemlich laut. Aber festlich war's trotzdem.

Viele Lichter brannten, dazu eine riesige Osterkerze am Altar. Die Orgel dröhnte, und eine Menge Priester in langen weißen Gewändern schritten durch die Menschenmenge nach vorn zum Altar. Nur leider verstanden wir nicht, was gebetet und gesungen wurde, auch die Melodien kannten wir nicht. Frau Farini hatte uns schwarze Tücher auf das Haar gelegt, aber Martin nicht. Nur alle Frauen hatten den Kopf bedeckt. Sogar Julia, aber sie riß sich ihr Tuch gleich wieder herunter und spielte damit auf Paps' Arm.

Leider mußten wir stehen, die Bänke waren schon lange besetzt gewesen, als wir kamen. Bei der Predigt ist Paps dann mit uns Kindern hinausgegangen, weil wir sowieso nichts verstanden hätten. Wir setzten uns draußen auf die Treppe, und ich erzählte, wie ich ein paar Tage vorher ganz allein mit Amandus auch hier saß und traurig war und das Gedicht geschrieben habe. Sie wollten es alle hören, ich konnte es noch auswendig.

Die Sonne schien. Es war fast so warm wie im Sommer. Wir standen am Kanalufer und warteten auf die Gondel, die Tante Maria vorbestellt hatte. »Damit die Touristen uns nicht alle wegschnappen«, hatte sie erklärt. »Ihr werdet staunen, wie viele Gondeln heute am Ostertag unterwegs sind.«

»Hoffentlich gibt es einen Zusammenstoß«, sagte Martin.

Ich schaute ins Wasser und beobachtete, wie die

Paläste sich wellten und zitterten und sich nach unten zu verlängerten. Endlich war die Gondel da. Und als wir nach einigem Gedrängel alle einen Sitzplatz gefunden hatten, stieß der Gondoliere mit einem Ruf vom Ufer ab. Er lavierte uns geschickt mit seiner langen Stange an allen Booten, Schiffen und anderen Gondeln vorbei, ohne irgendwo anzustoßen.

»Er singt ja gar nicht«, rief Martina. »Warum nicht?«

»Früher haben alle Gondolieri gesungen«, sagte die Tante, »Opernarien oder Lieder. Heute lassen sie sich dafür extra bezahlen.«

»Laßt uns doch selber was singen«, schlug Mam vor, und sie begann gleich: »Alle Vögel sind schon da...«

Julia krähte fröhlich mit. Sie saß auf dem Schoß ihrer »Nonna«, die uns aufmunternd zunickte. Da sangen wir alle mit, ein Lied nach dem anderen, auch die Frühlingskanons, die wir kannten, dreistimmig. Das schallte über das Wasser, daß die Leute von den anderen Booten zu uns herüberguckten. Einige winkten auch. Wir winkten zurück. Und Amandus bellte ausgelassen dazwischen.

Als wir eine Pause machten und uns gerade das nächste Lied überlegten, stimmte plötzlich Tante Maria ein italienisches Lied an. Die Farinis und der Gondoliere fielen ein. Das hörte sich gut an, und wir klatschten Beifall, als sie fertig waren. Danach begann der Gondoliere eine Arie, die tönte wunderschön über das Wasser hinweg. Er sang noch viel mehr, einfach so aus Freude. Diesen Ostersonntagnachmittag werde ich nie vergessen.

Am zweiten Feiertag machten wir einen Ausflug zu den Inseln der Lagune. Es gibt viele Inseln, kleine und große, um Venedig herum mit Dörfern, Klöstern und alten Kirchen. Aber auch welche, die nicht bebaut und ganz sumpfig sind. Natürlich fuhr der Dampfer nicht alle Inseln an. Wir hatten vorher überlegt, welche wir besichtigen wollen, die Namen habe ich nicht behalten.

Als wir – an die Reling gelehnt – gemütlich in See stachen, wollte Martin endlich Tante Marias Geschichte vom türkischen Säbel hören.

»O ja, eine Geschichte!« rief auch Martina, und ich war auch neugierig.

»Sie ist aber grausam«, warnte die Tante.

»Trotzdem!« riefen wir.

Und Tante Maria erzählte. Hier ist sie, aber ich habe bestimmt nicht alle Einzelheiten behalten:

Vor vielen hundert Jahren wollten die Kreuzfahrer wieder einmal von Venedig aus Jerusalem von der Herrschaft der Mohammedaner befreien. Diesmal hatten die christlichen Ritter und ihre Soldaten aber noch einen gemeinen Plan damit verbunden, nämlich: auch Konstantinopel zu erobern. (Das war damals die Hauptstadt der Türkei.) Sie mißbrauchten einfach die Gastfreundschaft der Türken, die ihnen das Anlegen der Flotte im Hafen genehmigt hatten, und überfielen nachts heimlich die Stadt. Dabei ermordeten sie Tausende von Türken, stürmten Moscheen und raubten sie aus. Das war ein Gemetzel! Die wenigen Einwohner, die überlebt hatten, sannen nun auf Rache. Sie rotteten sich in einem Kellergewölbe zusammen und schmiedeten einen geheimen Plan. Und als eines Tages wieder einmal ein Trupp halb betrunkener Ritter lärmend durch die engen Gassen der Altstadt torkelte, da geschah es: Aus den Fenstern sprangen lauter Türken, gerade auf die Schultern der erschrockenen Ritter. Und sie begannen mit ihren Krummsäbeln ein fürchterliches Morden. Sie erstachen, wen sie nur erwischten. Ein Ritter aber konnte entkommen. Und als ihn ein Türke laut schreiend verfolgte, versteckte er sich hinter einer Hausecke und sprang den vorbeisausenden Verfolger von hinten an, überwältigte ihn und schlug ihm den Säbel aus der Hand. Mit der anderen Faust versetzte er ihm einen Kinnhaken, daß er ohnmächtig niederstürzte. Den Säbel nahm er als Beute an sich und rannte zu den Schiffen im Hafen, die gerade losmachten, um weiterzusegeln. Auf vielen Umwegen gelangte dieser Säbel später nach Venedig. Ich habe ihn aus einem Pfandhaus erworben.

Während Tante Maria noch erzählte, war Mam herangetreten und hatte ihren Arm um Martina gelegt. Vielleicht, damit sie keine Angst kriegt. Martina kann nämlich solche Geschichten nicht hören, wenn etwas Böses geschieht und Menschen sterben und so. Und wenn sie sich einmal einen Krimi im Fernsehen ansieht, dann heult sie gleich.

Diesmal war sie aber nicht erschrocken und sagte: »Das ist ja nur erfunden.«

(Trotzdem, ich fand diese Geschichte ganz schön blutrünstig.)

Paps zeigte nach vorn: »Schaut mal. Da hinten ist eine Burg auf der Insel. Wir steuern anscheinend direkt darauf zu.«

»Das ist das Inselfort Sant' Andrea«, erklärte die Tante.

Die Farinis verstanden wohl den Namen, denn sie nickten beide mit dem Kopf und wiesen mit dem Finger auf die Inselfestung.

»Dazu gibt es auch eine Geschichte, die ein wenig mit Türken zu tun hat.«

»Erzähl doch, Tante Maria!« bettelte Martin.

»Sie ist kurz, aber wahr. Also:

Das Türkenheer von Sultan Suleiman dem Zweiten stand schon vor Wien. Ganz Europa war bedroht, es mußte schnellstens etwas geschehen. Da ließ der Doge einen weltberühmten Architekten, Micheli hieß er, aus Verona her-

kommen und gab ihm den Auftrag, diese Festung hier zu errichten. Er sollte sie fünf Stockwerke hoch bauen und uneinnehmbar machen. Und überall sollten Kanonen herausgucken, damit kein feindliches Schiff nach Venedig gelangen konnte. Tatsächlich baute Micheli diese Festung genauso, wie ihr sie hier seht, und das ist nun schon vierhundert Jahre her. Aber der Senat von Venedig wollte ihn für seine gute Arbeit zuerst nicht bezahlen, weil er fürchtete, daß das Bauwerk einstürzen könnte, wenn aus allen Kanonen geschossen würde. Da gab der Architekt heimlich den Befehl, beim Einweihungsfest aus allen Kanonen gleichzeitig zufeuern. Es war zwar ein Höllenlärm in der Lagune, aber die Festung hielt, sie bekam nicht einen Riß. Das war der Beweis für die gute Leistung, und der Architekt bekam seinen Lohn ausgezahlt. Die Festung steht ja noch heute.«

»Hält der Dampfer hier? Können wir sie besichtigen?« fragte Paps.

»Leider nein, die Anlage ist militärisches Geheimnis und darf nicht besichtigt werden«, erklärte Tante Maria.

»Schade«, maulte Martin.

»Aber wir steigen woanders aus«, tröstete sie, »wo es auch schön ist, warte nur ab.«

Inzwischen fuhr das Schiff an der Festungsmauer vorbei auf die nächste Insel zu.

In einem Hafen legte der Dampfer an, und wir

durften aussteigen. Frau Farini klappte den kleinen Sportwagen auseinander, und Herr Farini hob Julia hinein. Sie ließ sich gern spazierenfahren.

Wir zankten natürlich ein bißchen, wer sie zuerst schieben durfte. Schließlich ließ ich Martina vor, weil sie immer so ein Theater macht.

Wir bummelten an kleinen, hellen Häusern entlang, zwischen denen Fischernetze zum Trocknen aus gespannt waren. Viele Blumen blühten schon an der Hauswand und vor den Fenstern. In den Türeingängen saßen Frauen und stickten oder häkelten. Alles sah so freundlich aus.

»Sie klöppeln Spitzen«, erklärte Tante Maria.

Mam trat auf eine der Frauen zu, die uns freundlich zunickte. Sie hob so ein feines Spitzendeckchen hoch und zeigte es uns. So eins, wie sie auch in Tante Marias Wohnzimmer lagen. Zwei Italienermädchen liefen gleich ins Haus und kamen mit einer ganzen Masse Deckchen wieder heraus und hielten sie uns unter die Nase. Dazu riefen sie etwas und zeigten Zahlen mit den Fingern.

»No, no, grazie...« versuchte Mam auf italienisch. Aber ihr blieb wohl nichts anderes übrig, als so ein Deckchen zu kaufen.

»Wir brauchen doch so 'nen Kram gar nicht«, rief Paps und wollte weitergehen.

Aber Mam puhlte schon ihr Portemonnaie aus der Handtasche. Da legte Tante Maria ihren Arm auf

Mams Arm und sagte, wir sollten uns ein richtig schönes Deckchen aussuchen, das uns gefällt, sie wollte uns das zur Erinnerung an diesen Ausflug schenken. Das fand ich richtig lieb von ihr.

Später sind wir in ein kleines Fischrestaurant zum Essen eingekehrt. Da waren an der Wand entlang wieder Netze gespannt. Tolle Muschelschalen lagen überall herum, und im Hintergrund standen zwei große Aquarien mit buntschillernden Fischen.

Zuerst bekamen wir alle eine Fischsuppe serviert. Plötzlich schrie Martina los und zeigte auf ihren Teller. Tante Maria lachte schon.

»Was ist denn? Was haste denn?« Ich war echt neugierig, was da in Martinas Suppe schwamm: Es war ein Fischschwanz.

»Iiii!« riefen ich und Martin.

Tante Maria und die Farinis schmunzelten.

»Das ist der Schwanz eines Rospo«, erklärte die Großtante, »den hat schon der heilige Markus über alles geschätzt.«

Wer's glaubt! dachte ich und suchte meine Suppe ab, aber da war kein Rospo drin.

Auf dem Rückweg zum Schiff ist es dann passiert: Tante Maria knickte mit dem Fuß um und stöhnte laut auf. Paps konnte sie gerade noch festhalten, sonst wäre sie hingefallen. Ich stieß den dicken Stein zur Seite, über den sie wohl gestolpert war, und dachte zuerst an nichts Schlimmes. Aber es war doch schlimm, denn sie konnte mit dem linken Fuß gar nicht mehr auftreten.

Paps und Herr Farini stützten die arme Tante, sie tat mir schrecklich leid.

Und während sie dann stöhnend auf der Stufe vor einem Hauseingang saß, diskutierten die Farinis mit ein paar Italienern, die herbeigekommen waren, und alle redeten viel und fuchtelten aufgeregt mit den Händen in der Luft herum. Da fing Julchen auch noch an zu plärren, und Amandus jaulte. So ein verkorkster Ausflug!

Immer mehr Leute, die alle etwas sagen wollten, versammelten sich um uns herum. Schließlich zeigte ein Mann zum Hafen hin, auf ein Motorboot. Wahrscheinlich war es sein eigenes, mit dem er die Tante zu einer Insel mit lauter Krankenhäusern drauf hinüberfahren wollte. Dort sollte ihr Fuß erst einmal geröntgt werden, erklärte uns Mam. Ein paar Männer hoben die arme Tante Maria hoch und trugen sie, weil sie überhaupt nicht mehr allein gehen konnte.

»Nonna, Nonna!« schrie Julchen und wollte ihr nachlaufen. Tante Maria hatte Tränen in den Augen und drückte die Kleine an sich, bis Mam sie auf den Arm nahm und zum Hafen mitging.

Herr Farini fuhr mit zum Krankenhaus, während wir anderen nach Venedig zurückkehren sollten. Es war auch schon Zeit geworden, denn der Dampfer hupte dröhnend. Wir winkten noch Tante Maria und den Männern nach, dann mußten wir schnell auf das Schiff. Der Kapitän drängte zur Eile.

Das Abendbrot, das Frau Farini uns bereitet hatte, schmeckte keinem so recht. Jeder stocherte lustlos in seinen Spaghetti herum. Nur mein Dackel nagte mit großem Vergnügen an seinem Knochen, der, mit viel Fleisch dran, vom gestrigen Braten übriggeblieben war.

Inzwischen wußten wir, daß Tante Maria den Fuß gebrochen hatte. Es war ein komplizierter Bruch, wie das Röntgenbild gezeigt hatte. Eine üble Sache.

»Wie lange muß sie denn im Krankenhaus bleiben?« fragte Martina.

»Bestimmt ein paar Wochen, genau kann man das noch nicht sagen. Bei alten Leuten heilt ja alles viel langsamer als bei Kindern«, meinte Paps. »Und dann muß sie sicher lange mit einer Krücke laufen, damit sie den Fuß nicht schwer belastet.«

Wir waren alle traurig, und Julia schlug dauernd mit dem Löffel auf ihren Teller. Ich wollte ihr den Löffel aus der Hand nehmen, da haute sie mich gleich. Also nahm ich ihr den Teller weg, da schrie sie und schlug mit dem Löffel immer auf ihr Eßstühlchen, das gab noch mehr Lärm. Mam hob sie schließlich auf ihren Schoß und ließ sie wieder mit ihrer Halskette spielen. Martin und ich, wir räumten ab, und Martina half dann mit, das Geschirr abzuwaschen.

Im Bett nachher lag ich noch lange wach. Die Zwillinge auf den Matratzen neben mir schliefen schon fest. Ich zählte die Röschen an der Tapete, die, wie an einer Schnur aufgefädelt, die Wand hochliefen. Von draußen hörte ich das Hupen der Schiffe, Stimmen von Leuten, Gelächter... Plötzlich Schritte auf der Treppe, dann öffnete sich leise die Tür.

Mam schaute vorsichtig herein: »Katja, bist du noch wach?«

»Ja, ich kann nicht einschlafen, Mam«, sagte ich.

»Magst du noch ein bißchen zu uns runterkommen? Wir müssen etwas beraten.«

Gleich war ich hoch und angelte nach meinen Pantoffeln.

Im Wohnzimmer saßen sie alle bei einem Glas Wein trübsinnig um den Tisch herum, die Farinis und meine Eltern. Vielleicht machte aber auch die trübe Lampe über dem Tisch alles so düster. Mam legte mir die Stola von Tante Maria, die ich gehäkelt hatte, um die Schultern. Aber mir war gar nicht kalt. Paps holte eine Flasche Saft aus der Küche, goß mir einen Becher voll ein und sagte etwas zu den Farinis, was ich nicht verstand. (Ein bißchen Italienisch kann Paps noch von früher her, da ist er öfter in Italien gewesen.)

»Was meinst du, Katja, sollen wir die kleine Julia zu uns nehmen, solange Tante Maria krank ist?« fragte er und legte seinen Arm um mich.

Ich schaute Mam an, die mir zulächelte, und sagte: »Klar, das ist eine gute Idee, finde ich. Martina hat sich ja auch schon so lange eine kleine Schwester gewünscht und nicht mal 'ne Katze gekriegt.« Mam und Paps lachten, die Farinis verstanden ja nichts. »Wir helfen alle mit, bestimmt!«

»Das ist ein Wort, Katja!« Paps schlug mir auf die Schulter, daß es direkt ein bißchen weh tat. »Du kannst dir wohl vorstellen, daß Mam eure Hilfe auch braucht.«

»Aber wo soll Julchen schlafen?« fragte ich meine Eltern. »In meinem Zimmer ist doch schon die Martina.«

»Wir wollen Julchens Bett in der ersten Zeit zu uns ins Schlafzimmer stellen und da auch ihre Spielecke einrichten«, sagte Mam. »Und wenn sie länger bei uns bleibt, müssen Paps und ich eben in euren Spielkeller ziehen. Vielleicht braucht ihr den dann nicht mehr so dringend. Und Martina und Julia bekommen unser Schlafzimmer.«

»Und ich kriege dann mein Zimmer für mich allein?« rief ich.

Mam lächelte mir zu. Da gab ich ihr gleich einen

Kuß. Und die anderen bekamen auch einen Gutenachtkuß. Ich war sehr glücklich.

Drei Tage später reisten wir ab: Mam, Paps, Martin, Martina, ich, mein Dackel Amandus – und das Julchen!

THOMAS BREZINA
Die Knickerbocker-Bande
bei OMNIBUS

Die Knickerbocker-Bande, das sind: der 13jährige Axel (klein, aber eine Sport-Kanone), die gleichaltrige Lilo (Ski-As und Krimi-Fan), die 9jährige Poppi (Besitzerin eines Mini-Zoos) und der 10jährige Dominik (Leseratte und der Einstein der Bande). Die vier sind nicht nur gute Freunde, sondern auch Junior-Detektive, die viele Fälle in aller Welt gelöst haben. Ihr Motto: Vier Knickerbocker lassen niemals locker!

Band 1 OMNIBUS Nr. 20113
Die Nacht der Weißwurst-Vampire

Band 2 OMNIBUS Nr. 20123
Der Ruf des Grusel-Kuckucks

Band 3 OMNIBUS Nr. 20111
Ein Ufo namens Amadeus

Band 4 OMNIBUS Nr. 20124
Bodensee-Piraten auf der Spur

Band 5 OMNIBUS Nr. 20125
Treffpunkt Schauermühle

Band 6 OMNIBUS Nr. 20112
Die Tonne mit dem Totenkopf

Band 7 OMNIBUS Nr. 20209
Rätsel um das Schneemonster

Band 8 OMNIBUS Nr. 20110
Wenn die Turmuhr 13 schlägt

Band 9 OMNIBUS Nr. 20131
Das Zombie-Schwert des Sultans

Band 10 OMNIBUS Nr. 20132
SOS vom Geisterschiff

Band 11 OMNIBUS Nr. 20133
Lindwurmspuk vor Mitternacht

Band 12 OMNIBUS Nr. 20134
Wo ist der Millionenstorch?

Band 13 OMNIBUS Nr. 20221
Kolumbus und die Killerkarpfen

Band 14 OMNIBUS Nr. 20222
Jagd auf den Hafenhai

OMNIBUS

Der Taschenbuchverlag für Kinder und Jugendliche
von C. Bertelsmann

Enid Blyton

»Fünf Freunde«
bei C. Bertelsmann

Seit über fünfzig Jahren faszinieren die Abenteuer der fünf Freunde Anne, Georg (die eigentlich Georgina heißt), Richard, Julius und Tim, dem Hund, immer wieder neue Generationen junger Leser.

Band 1
Fünf Freunde erforschen die Schatzinsel
Band 2
Fünf Freunde auf neuen Abenteuern
Band 3
Fünf Freunde auf geheimnisvollen Spuren
Band 4
Fünf Freunde auf Schmugglerjagd
Band 5
Fünf Freunde beim Wanderzirkus
Band 6
Fünf Freunde auf der Felseninsel
Band 7
Fünf Freunde im Zeltlager
Band 8
Fünf Freunde geraten in Schwierigkeiten
Band 9
Fünf Freunde helfen ihren Kameraden
Band 10
Fünf Freunde auf großer Fahrt
Band 11
Fünf Freunde als Retter in der Not
Band 12
Fünf Freunde im alten Turm
Band 13
Fünf Freunde jagen die Entführer
Band 14
Fünf Freunde verfolgen die Strandräuber
Band 15
Fünf Freunde wittern ein Geheimnis
Band 16
Fünf Freunde auf dem Leuchtturm
Band 17
Fünf Freunde im Nebel
Band 18
Fünf Freunde und das Burgverlies
Band 19
Fünf Freunde und ein Zigeunermädchen
Band 20
Fünf Freunde und der Zauberer Wu
Band 21
Fünf Freunde machen eine Entdeckung